Sandy Jud

„Cheibe guet!"
Spitze Feder 5

Sandy Jud

„CHEIBE GUET!"

Spitze Feder 5

Bibliografische Information der Deutschen Nationalbibliothek:
Die Deutsche Nationalbibliothek verzeichnet diese Publikation in der Deutschen Nationalbibliografie; detaillierte bibliografische Daten sind im Internet über http://dnb.dnb.de abrufbar.

© 2025 Sanju Star GmbH, Sandy Jud

Konzept und Realisation, Text und Abbildungen /
Gesamtverantwortung: Sandy Jud
Bilder: Sandy Jud / Internet, Pixabay – Herzlichen Dank an die
tollen Fotografen!
Layout Umschlag und Inhalt: Sandy Jud
Verlag: BoD · Books on Demand GmbH, In de Tarpen 42,
22848 Norderstedt, bod@bod.de
Druck: Libri Plureos GmbH, Friedensallee 273, 22763 Hamburg

ISBN: 978-3-7693-5621-2

Findsch au guet, gäll?

Zur Autorin

Sandy Jud wurde 1982 am Zürichsee geboren, wo sie auch heute noch lebt.

Sie hat schon viel ausprobiert in ihrem Leben. Gestartet als Drogistin, war sie u.a. als Koordinatorin für Telefonbücher zuständig, plante Photovoltaikanlagen, verkaufte Backwaren und Gemüse und arbeitete auf verschiedenen Baustellen in der Schweiz.

Heute ist sie als Visagistin und Dozentin tätig, malt grosse Acrylgemälde, illustriert Kinderbücher und schreibt leidenschaftlich gerne Kolumnen und Kurzgeschichten über alltäglich Sonderbares.

„Cheibe guet!" ist ihr 5. Buch, welches aus ihrer Tätigkeit als Kolumnistin für die Zeitschrift Fischotter (www.fischotter.ch) hervorgeht. Weitere Infos zu Sandy Jud findet man unter www.sanjustar.com.

Grüezi lieber Leser!

und natürlich auch Grüezi liebe Leserin, die gerne separat in der weiblichen Form begrüsst werden möchte – schön, dass ihr da seid.

Ja, ich kann es einfach nicht lassen. Schon wieder ist ein Weilchen rum und schon wieder ist so viel passiert auf dieser Kugel. Dinge, die ich mit euch gerne teilen möchte. Lustiges, Erstaunliches, total Bescheuertes aber auch Trauriges... das pralle Leben eben.

Ab und zu habe ich mich in den letzten Monaten mit Chat GPT, also künstlicher Intelligenz auseinandergesetzt, denn man will ja nicht von gestern sein, nicht? Und jedes Mal staune ich Bauklötze, was Roboterli so alles kann.

Und eines Tages, da ritt mich doch glatt ein Pferd, habe ich Roboterli gefragt, ob er mir eine Kolumne schreiben würde – und weisst du was? Er hat es in Nullkommanichts getan. Und diese Kolumne ist in diesem Buch mit drin – findest du heraus, welche nicht von mir, sondern von Roboterli ganz alleine geschrieben wurde? Die Auflösung findest du ganz zum Schluss.

Und so bleibt mir nicht mehr viel zu sagen als: Auf auf, die Welt mit all ihren Schätzen wartet auf uns! Wir beschäftigen uns wie gesagt mit künstlicher Intelligenz, spüren Heimatgefühle, schütteln die Köpfe über Klimakleber und fühlen uns auch mal total ausgenutzt und im Regen stehen gelassen. Wir machen einen Jahresrückblick, lassen Sprache auf uns wirken und finden vieles, aber nicht ganz alles einfach „Cheibe guet!".

Du bist mit dabei? Wie schön!
Viel Spass beim Lesen und bis bald!

Deine Sandy

Grüezi Welt!

...und auch Grüezi nochmals lieber Leser und Leserin. Es gibt da so ein Grätli, das erfüllt mich meist mit Freude, manchmal aber auch mit purem Frust. Es bringt einem ferne Menschen näher und entfremdet das Gegenüber. Oftmals geht der Griff fast automatisch hin und manchmal würde ich es ganz gerne spontan vom Balkon pfeffern.

Dieses vermaledeite Grätli, das einfach alles kann, ist Fluch und Segen zugleich und über genau dieses Grätli möchte ich heute rasch ein paar Worte verlieren.

Das Handy, du hast es bestimmt erkannt, ist in der heutigen Zeit und in unserer Gesellschaft ja nun nicht mehr wegzudenken. Selbst in den entlegensten Ländern dieser Welt haben mittlerweile alle so ein Ding in der Tasche. Egal, ob man Kochrezepte sucht, die Ferienbilder der Kollegen anschauen möchte, oder ganz einfach mal hundskommun telefonieren will - das Handy mit seinen unzähligen Apps und Funktionen liefert alles frei Haus. Es rät uns, wo wir unseren nächsten Urlaub verbringen sollen und wie wir am einfachsten die Toilette oder den Backofen sauber kriegen. Es zeigt uns auf, welche Leggins einen Knackpo zaubern, was wir bei schwarzen Mitessern auf der Nase einreiben müssen und wie wir gesund ein paar Pfunde verlieren können. Kurz: es ist immer da und bestimmt unseren Alltag durch vermeintlich nützliche Tipps.

Und früher? Auch ich bin nicht mehr taufrisch und mein erstes Handy hatte noch eine Antenne und ich gerade mal 17 Jahre auf dem Buckel. Wie freuten wir uns damals, als wir ganze 12 sms abspeichern konnten und alsbald die ersten Bildli in Form von zusammengesetzten Punkten von Freunden erhielten, die ebenfalls bereits so ein Grätli besassen. Eine völlig neue Welt tat sich uns auf. Und vielleicht magst du dich ja noch an die lustigen Cover oder, Obacht, Handy-Socken (!) erinnern, die wir unseren Handys zum Schutz überstülpten?

Inzwischen sind ein paar Jahre ins Land gezogen und die Handys wurden, nachdem sie immer kleiner wurden, wieder grösser und sind nun zu ganz kleinen Computer geworden, die sich leise in unsere Leben schlichen und diese wie gesagt vereinfachen sollten. Ich will ehrlich sein, mein lieber Leser. Nicht selten bestelle ich etwas hübsches Unnützes übers Smartphone – warum? Einfach, weil ich es kann. Schrecklich, nicht wahr? Dieses Grätli macht uns vogelfrei und gleichzeitig zu Sklaven.

Und als ich in diesem Winter auf der Skipiste war, musste ich mich doch stark wundern. Denn anstelle der wunderschönen Aussicht (was sage ich da: der überwältigenden Aussicht auf ein Weltkulturerbe!), genossen meine Mitfahrer in der Gondel den Blick in ihr Grätli, in die sozialen Medien. Kaum hingesetzt likten sie diesen Seich und posteten jenen Stuss, sie telefonierten gar während der Abfahrt, klemmten sich das Grätli ganz lässig im Helm ein, um die Hände für die Stöcke frei zu haben und doch den Kollegen am anderen Ende eine wichtige Nonsens-Story mitzuteilen. Und nun kommt wie immer die 100'000 Franken-Frage: Ist das noch normal? Haben wir tatsächlich verlernt, die Realität zu geniessen, uns mit unseren Mitmenschen abzugeben oder auch mal die Stille um uns herum auszuhalten?

Müssen wir dauernd unterhalten, berieselt und herausgefordert werden, bloss, weil wir fürchten, etwas zu verpassen? Sind die gephotoshopten Bildli tatsächlich wichtiger geworden als der reale Mensch mit den tollen Sommersprossen und der Zahnlücke im Gesicht gegenüber, der imposante Berggipfel oder das lustige Wolkengebilde? Und wie so oft dünkt es mich, haben wir verlernt, den mittleren Weg zu gehen. Wir wollen immer mehr und immer schneller und merken dabei nicht mal, welchen Preis, auch als Gesellschaft, wir dafür bezahlen.

Dies soll nun keine Standpauke sein, jesses nei au, wie käme ich auch dazu, aber all die vielen Handyaner um mich herum haben mir in dem einen kleinen Augenblick in der Gondel aufgezeigt, dass auch ich, mindestens ein bisschen, dazugehöre, und dies so eigentlich ja gar nicht will.

Und so habe ich beschlossen, dieses supertolle Grätli doch öfters mal wegzulegen, es gar auszuschalten, meinen Kopf zu heben und meinen Nacken zu entlasten: Grüezi reale Welt, wie schön (still) du doch bist.

Kleben fürs Klima

Hallo ihr Lieben. Bin nur ich es, die momentan ob unseren Mitmenschen und ihren Aktionen ungläubig den Kopf schütteln muss? Auf die Gefahr hin, dass du, lieber Leser, da ganz anderer Meinung bist, werfe ich dennoch mal ganz flott eine Frage in die Runde:

Was hat Kleben mit Klimaschutz zu tun?

Um hier einmal etwas vorneweg klarzustellen: Ich bin ganz sicher kein Klimasünder, aber auch ich geniesse die Vorzüge, ein eigenes Auto zu haben (ein kleines) und die Freiheit unabhängig zu sein, welches mir dieses Gefährt liefert. Ich kaufe auch mal nach dem Preis ein und nicht immer ist es Bio vom Bauernhof, aber ich achte darauf, dass die Eier aus Freilandhaltung kommen und das Fleisch nicht stinkbillig aus dem Ausland eingeflogen worden ist. Ich sammle Karton und Altpapier und trenne Glas, Alu und Plastik. Ich versuche, die Welt nicht noch mehr zu vermüllen, aber renne nun auch nicht mit dem leeren Gomfi-Glas zum Wiederauffüllen der Kernli in die Migros.

Ich liebe unsere schöne Erde und ich finde es erschreckend, wie Müll achtlos weggeworfen wird, meist auch noch genau neben dem Mülleimer (wie ignorant kann man denn sein bitte schön?). Es ist eine Affenschande, wie die Meere verschmutzt werden und viele von uns ganz einfach leben, als hätten wir eine Backup-Erde im Sack. Ich denke, darüber müssen wir wohl kaum streiten, denn das kann ja wohl keiner wirklich toll finden und dass nicht alle Menschen so sind, ist ja gottlob auch allen klar.

Also, kleines Fazit zwischendurch: Klima- und Umweltschutz ist eine gute Sache... aber, und nun kommt das grosse ABER: Ich kann es nicht im Geringsten nachvollziehen, wenn sich die (aller)letzte Generation auf die Strasse klebt und versucht, mit erpresserischen Methoden Regierungen zu (übereilten) Handlungen zu zwingen. So, jetzt ist es raus.

Ich finde es auch nicht okay, wenn selbsternannte Klimaschützer irgendwelche Luxustempel, behördliche Einrichtungen oder gar Denkmäler mit Farbe beschmieren oder sonst in irgendeiner Weise Vandalismus betreiben unter dem wunderschönen Deckmantel des Klimaschutzes. Diese Schmierereien müssen mit viel Wasser und Energie von irgendeinem armen Tropf wieder entfernt werden. Wasser und Energie, die man anderweitig besser hätte einsetzen können. Ich werde wütend, wenn sogenannte Gutmenschen, Strassen und gar ganze Systeme blockieren und Mitmenschen mit ihren Aktionen in missliche Situationen, gar wissentlich in Gefahr bringen, weil selbst der Rettungswagen nicht mehr passieren kann. Sowas ist in meinen Augen nicht minder ignorant wie das achtlose Wegwerfen von Müll in der Natur.

Statt bewährte Energielieferanten weiterzuentwickeln oder gemeinsam nach neuen Wegen und Lösungen zu suchen, den Klimawandel zu verlangsamen und die Erde vor Übermüllung zu schützen, wird nur mit erhobenem Zeigefinger gedroht und selbst vor Gewalt nicht zurückgeschreckt, was mich absolut schockiert und in keinster Weise verharmlost werden sollte. Wäre es nicht sinnvoller, in der Zeit mit Sack und Pack im Wald fötzelen zu gehen oder den Ferienstrand vom Unrat zu befreien? Gutes Vorbild sein, um im Kleinen grosse Wellen zu schlagen?

Und nun eine ganz böse Überlegung, und ich bitte dich, diese zu entschuldigen, aber sie bleibt ja unter uns: Vermutlich ist anklagen, Schuld zuweisen, faul auf der Strasse rumsitzen und sich festkleben ganz einfach bequemer, als mitanzupacken und sich womöglich auch noch dreckig zu machen. Wie soll man es sich sonst erklären?

Eine an und für sich gute Sache, nämlich der Klimaschutz, der uns alle angeht, verliert mit solch unnötigen und gefährlichen Aktionen an Ansehen, verliert an Stellenwert.

Was bleibt?

Taube Ohren, genervte Mitmenschen und die hoffentlich wirklich letzte Generation ihrer Art, die man am liebsten ganz einfach auf der Strasse kleben lassen möchte. Nicht immer heiligt der Zweck die Mittel.

played

There

Not

to

is

B

Chills mal – es ist Sommer!

Grüezi und hallo in meiner Welt, lieber Leser. Gehörst du auch zu der Sorte Mensch, der es nicht heiss genug sein kann und die sich mit Vorliebe in der Mittagszeit in die Sonne legt, um zu brutzeln und um knusprig braun zu werden? Oder gehörst du eher zu den Nachtschattengewächsen wie ich, denen es auch ganz egal wäre, wenn es die Monate Juni, Juli und August im Kalender gar nicht gäbe und man vom milden Frühling direkt in einen schönen Spätherbst übergehen könnte? Mit maximal 20 Grad und von mir aus auch gerne mit bedecktem Himmel…

Ich weiss einen lauen Sommerabend durchaus mal zu schätzen, mit guten Freunden oder Familie bis tief in die Nacht draussen zu sitzen, bei leckerem Speis und Trank bis in die frühen Morgenstunden zu quatschen, das ist schon eine tolle Sache, muss ich zugeben.

Ich mag es aber gar nicht, wenn mir die Dokumente im Büro am Unterarm kleben bleiben, der Schweiss schon wieder den Rücken runter-

läuft, wenn ich frühmorgens zur Dusche raus-
komme, um mich abzutrocknen, oder die Sonne
erbarmungslos durch die Windschutzscheibe
knallt und das Dekolleté eine schöne purpurne
Farbe annimmt, weil man frühmorgens die Son-
nencreme doch glatt vergessen hat.

Tja, also Sommer, tolle Sache nicht? Schon als
Kind war ich kein grosser Sommer-Fan. Ich bin
zwar auch gerne in die Badi mit Gspändli und
Grillieren auf dem Balkon habe ich auch als Kind
schon lässig gefunden, aber es war mir auch immer schnurzegal, wenn die Sommerferien zu
Ende waren und wieder kühlere Winde eintru-
delten. Und je älter ich werde, desto weniger
mag ich die heisse Jahreszeit.

Ich bin mal über die Bücher gegangen, um
herauszufinden, warum das so ist, und habe
festgestellt, dass das Wetter dabei eigentlich
bloss die zweite Geige spielt, hoho, Überraschung! Denn, das Allerschlimmste an der heissen Jahreszeit sind für mich meine Mitmenschen,
ja richtig gelesen, sorry gäh.

Denn alle sind so richtig gut und gechillt
drauf (ich hasse dieses Unwort). Sie denken, im

Sommer ist alles easy und man kann sich ruhig auch mal danebenbenehmen. Stört ja keinen, denn hey – chills mal, es ist Sommer!

Vom Barfuss- oder im Bikinioberteil einkaufen gehen, oder in so mikroskopisch kleinen Hotpants rumrennen, in denen man jede Ritze erkennen kann (und eigentlich gar nicht hinsehen möchte), bis hin zu Wildcampieren, Wildparkieren, Saufgelage am See mit lautem Rumgegröle bis in die Puppen, oder, einer meiner absoluten Favoriten – einfach mal ganz cool neben dem Fussgängerstreifen wild die Strasse überqueren, mit Kind und Kegel und Luftmatratze und Liegestuhl und schnittiger Sonnenbrille, Käppi und doofem Lächeln auf den Lippen und coolem Handgruss. Stört nur mich das etwa?

Es gibt hundert Dinge, die mich im «Summer in the city» auf die Palme bringen können; Hunde in parkierten Autos sind auch so ein Punkt, aber der nur so am Rande. Schimpf mich ruhig altmodisch und bünzlig, aber ich kann den Zusammenhang von heissem Wetter und Arroganz, Ignoranz und fehlendem Anstand sowie das

nicht Einhalten von ganz normalen Verhaltens-
regeln einfach nicht verstehen.

Dinge, die im Winter so komplett normal
sind, werden im Sommer einfach über Bord ge-
worfen, denn hey, chills mal – es ist Sommer!

Aber eigentlich wollte ich mich ja gar nicht
beschweren und hab's jetzt doch getan – Ent-
schuldigung! Ich hatte in diesem Jahr nämlich
das grosse Glück, die heisseste Zeit im kühlen
Norden bei angenehmen 12 Grad zu verbringen.
Und so hoffe ich, dass auch du die heissen Monate gut überstanden hast, und ganz wie es dir gefällt, in der Sonne brutzeln, oder dir im Schatten
und See Abkühlung verschaffen konntest.

Denn hey chills mal – jetzt kommt der
Herbst!

Epische Schweiz oder Cheibe guet! Nr. 1

Grüezi und herzlich willkommen im geilsten Land auf dieser Kugel. So oder so ähnlich muss es wohl den sechs Touristen vorgekommen sein, als sie neben mir im Bähndli vom Stanserhorn runtergefahren sind. Die Familie aus London (indischer Herkunft sehr wahrscheinlich), mit zwei fast erwachsenen Kindern (Junge und Mädchen), ist ins Gespräch gekommen mit einem älteren Ehepaar aus northern New York, welches doch tatsächlich einen Ausflug mit Viking Line unternommen hat. Nach anfänglichen Fragezeichen meinerseits, wo denn genau das Kreuzfahrtschiff angelegt hätte, konnte ich diese Frage mit dem Begleiter dieser Touri-Gruppe klären – ein Flussschiff mit Halt in Basel – ach so, das machen die auch, nun denn, in dem Falle ist ja alles geklärt...

Zurück nun aber zu diesen Touristen im Bähndli. Nachdem man sich rasch und unkompliziert vorgestellt hat (woher und warum hier), hat man sich seine Stationen der Schweiz nähergebracht. Basel, Interlaken, Luzern und nun eben heute das Stanserhorn (leider ein bisschen im Nebel und Regen, aber hey, who cares?!). Man war sich einig, die Schweiz ist klasse. Das London-Mami hat sich dann theatralisch zur Seite gedreht, hat ganz lange die Landschaft eingesaugt, um dann zu den anderen Anwesenden zu sagen: «Switzerland – this little country is so epic!» (die Schweiz – dieses kleine Land ist so episch!).

Und die andern haben alle zuerst andächtig geschwiegen, um dann einstimmig zuzustimmen – ich auch im Fall.

Denn, unser kleines Land ist doch wirklich episch, nicht wahr? Und es hat so viel zu bieten! Kommt man vom Stanserhorn wieder herunter, kann man zweimal umfallen, und schon ist man auf dem Pilatus. Luzern liegt zu Füssen und auch zu all den andern schönen Fleckchen ist es nur ein Katzensprung – der Vorteil eben, ein kleines Land zu sein. Und als ich da im Bähndli den Touristen beim Schwelgen zugehört habe, habe ich für mich Folgendes beschlossen:

Sollte ich im nächsten Leben wiederum ein Mensch sein, aber nicht in der Schweiz geboren werden, so werde ich dieses kleine coole Land auch als Tourist auf meiner Bucket-Liste haben und bereisen, um es dann vom Stanserhorn-Bähndli aus auch ganz besonders episch zu finden.

Denn hier gibt es alles! Will man französisches «Laissez-faire» muss man bloss mal eben über den Röstigraben gumpen, will man den Grand Canyon ist man schon im richtigen Eck beim Creux du Van bei Neuenburg, steht einem der Sinn nach Urchigem, so lockt das Appenzellerland mit den tollen Hügeln und den Kühen, will ich reissende Flüsse und gar einen mega Wasserfall, so mache ich mich auf in Richtung Norden und will ich «Dolce far niente» so schwinge ich mich mit dem Zug mal eben rasch in die Sonnenstube Tessin und höckle mich an den Lago Maggiore und esse ein Gelati.

Will ich Grosstadtflair, so bummle ich durch Zürich und bin ich auf der Suche nach schönen Worten, so setze ich mich in ein Strassenkafi in Bern und lausche den einheimischen Gielen und Meitschi zu. Ich könnte noch ewig so weitermachen. Die fast ganze Welt, auf nur 41'285 km². Sag, ist das nicht cool?!

Wir haben grosse Seen und kleine Flüsse, hohe Berge, tiefe Täler, wir haben hippe Städte und viel Natur mit einer lässigen Tierwelt. Wir haben nette Bewohner, coole Bräuche und saumässig gutes Essen und an jeder zweiten Ecke lockt ein Fotomotiv fürs Familienalbum. Bei Regen kannst du in Museen, Wasserparks, Kinos, Theater oder Einkaufszentren gehen, und bei Schneefall kannst du gar um die Ecke Rodeln oder Skifahren.

Ich habe mal durchgezählt meine lieben Leser, und ich bin mit meinen 42 Jahren bereits in 32 verschiedenen Ländern gewesen, durfte 32 verschiedene Kulturen kennenlernen und die allermeisten haben mich begeistert. Ich muss aber auch gestehen, dass, wenn man wählen könnte, wo man landen möchte, immer die Schweiz meine erste Wahl wäre. Wegen der Kultur, der Natur, der Tierwelt, der politischen Stabilität, des Essens, der Menschen und deren Charaktereigenschaften und nicht zuletzt, wegen der Sprache und dem damit verbundenen Heimatgefühl, welches mich nach jeder Reise im Flughafen Kloten überkommt, wenn mich jemand auf Mundart begrüsst und willkommen heisst:

Herzlich willkommä zrugg (im geilschte Land uf dere Chugle!).

Help! I need somebody – Help!

Hallo liebe Leser. Ich sass neulich im offenen Bus am Bahnhof und wartete, bis sich dieser in Bewegung setzen würde. Einige Mitreisende warteten vor der Türe, rauchten, assen oder tippten auf ihren Handys rum – eine alltägliche Situation also, tausend Mal schon gesehen.

Doch dann, in diesem Meer aus Menschen, jemand, der mir ins Auge stach. Ein alter Mann mit «Samichlaus-Rauschebart», Piloten-Sonnenbrille, Schirmmütze, Hemd, langen Hosen, beigen Socken und Sandalen und kleinem Knistersäckli in den Händen, lief immer wieder vom Bus weg zu den gegenüber parkierten Mobility-Autos, versuchte diese zu öffnen, lugte durch die Scheiben, verwarf die Hände und konnte es einfach nicht fassen. Als dann doch tatsächlich auch eine Fahrerin in den Mini-Mobility-Bus einstieg, klopfte er erneut wild an die Scheibe, aber die junge Frau winkte abwehrend und fuhr davon. Zurück blieb der alte Mann mit tausend Fragezeichen über dem Kopf.

Und was tun die allermeisten Mitmenschen in solchen Situationen? Sich wundern, fies grinsen und sich ganz bestimmt abwenden – huiiii, hoffentlich kommt der strube Öpi nicht zu mir und will noch was!

Er kam dann tatsächlich, allerdings nicht zu mir in den Bus, sondern setzte sich auf die Wartebank vor der offenen Türe neben zwei Männer, die ihn interessiert musterten. «Diä Taxis wännd eim eifach nöd mitnäh!» klagte er sein Leid, und stiess auf Unverständnis aber auch auf Erklärung. «Sie, das sind kei Taxis, diä rote Auto chamer miete», erklärte ihm der eine Mann beinahe liebevoll. «Da chönd Sie nöd eifach iistiige».

Dass der alte Herr das Ganze nicht verstanden hat, soviel habe ich von meinem Sitz aus noch begriffen, ehe der Chauffeur alle Reisenden bat, sich in den Bus zu begeben. Und so fuhren wir alle davon, und der alte Mann blieb allein und verwirrt zurück am Busbahnhof.

Und nach anfänglichem Schmunzeln tat mir dieser Herr auf einmal unendlich leid. Gefangen in einer Welt, in der er offensichtlich nicht mehr zurechtkam, nicht verstand, dass man Autos mieten konnte und Taxis mit dem Handy gerufen werden mussten. Er war vermutlich mal ein stolzer Mann gewesen, vielleicht erfolgreich im Beruf, liebender Ehemann und Familienvater, nun zur Witzfigur degradiert. Sind wir tatsächlich so weit gekommen?

Haben wir uns eine Welt erschaffen, in der Menschen, die nicht, oder nicht mehr technikaffin sind, keine Chance haben, den Alltag würdevoll zu meistern? In Edinburgh zum Beispiel, kann man Tickets fürs Schloss nur noch online buchen. Menschen ohne Handy oder ein Händchen dafür schauen in die Röhre, denn das Tickethäuschen wurde kurzerhand durch eine Computerstation ersetzt. Und auch bei uns kommt das doch schleichend und schon fast «natürlich» daher. Im Supermarkt scannst du deine Ware selbst, die Gutscheine hast du auf dem Handy, bezahlen kannst du auch gleich damit. Das Bahnticket löst du online und auch dein Essen bestellst du dir auf diesem Weg ganz anonym.

Deine   Krankenkassen-Rückforderungsbelege scannst du ein und online Wählen ist bloss noch eine Frage der Zeit...

Künstliche Intelligenz ist in aller Munde und soll was genau machen? Uns allen das Leben erleichtern - wovon denn genau? KI kann vieles, aber KI kann keine Träume teilen und keine Liebe schenken. Es bereichert uns und macht uns arm.

Was passiert mit all unseren Mitmenschen, die das überfordert? Die werden ganz einfach übergangen – ist das der Preis, den die neue Gesellschaft zu zahlen bereit ist? Nur wofür? Um bequemer zu sein, um schneller zu sein, mehr Zeitersparnis zu haben – ja wofür denn? Um auf «sozialen» Medien Nonsens-Bildchen von Gartensalaten und Luxusgütern zu posten?

Ich bin ehrlich, auch ich nutze diese Angebote ganz rege, aber fehlt dir nicht manchmal auch der Schwatz an der Kasse, der Mensch am Schalter, der dir das Ticket gibt? Mir fehlt die Zeit, in der man im Bus nach draussen geschaut hat und nicht hinunter ins Grätli um den Znüni des meist unbekannten Kollegen zu liken. Kannst du dich noch an die Zeit erinnern, als wir das alles noch nicht hatten und auch ganz gut über die Runden kamen? Als alles ein wenig länger dauerte, aber man nicht mehr Stress deswegen hatte? Als auf dem Schreibtisch eine Schreibmaschine stand und das Telefon auf einem Deckeli im Flur?

Ja, manchmal fehlt mir diese Zeit und manchmal habe ich die Befürchtung, dass der gesamte «Online-Brunz» irgendwann mal zusammenbrechen wird, und wir uns wieder besinnen müssen, wie man ohne das Leben auch ganz gut meistern kann.

Nicht bloss einige wenige, sondern alle zusammen.

Du siehst gut aus!

Hui, schön, dich hier zu sehen! Heute muss ich einfach mal über ein Nonsens-Thema quatschen, eines, dass mich vor allem in den Abendstunden beschäftigt – Werbung: Ist dir schon mal aufgefallen, dass diese vermeintlich immer unsinniger, kreativer, ja gar an den Haaren herbeigezogen wird?

Während zwei vermeintliche Hobbydetektive versuchen, den «Cold-Case» rund um den Spaghetti-Fleck auf dem blendend weissen Shirt zu klären, rappt mir eine überschminkte Sängerin was über Käse ins Ohr. Ich frage mich unweigerlich, welche Zielgruppe diese Werbung denn bitteschön ansprechen will. Die coolen Junggebliebenen oder doch eher die jungen Coolen, die nichts lieber futtern als Schweizer Bio-Käse? Sie erzählen einem was von «pure swissness» und «pieces sharen» und so weiter und vergessen darüber ganz, dass wir eigentlich ja gar nicht englischsprachig sind.

Ohalätz!

Andere Werbungen, insbesondere in der Vorweihnachtszeit ist so dermassen lang, länger als jedes Guetnacht-Gschichtli. Da kann man also ganz getrost eine Dusche nehmen, das Piji anziehen, den Abwasch machen und den Güsel rausbringen und hat immer noch nichts verpasst.

Und was wollen uns diese Werbungen denn überhaupt verkaufen? Ist das denn noch eine Aufforderung zum Kauf, und wenn ja, wofür? Oder ist das nicht vielmehr bereits eine Anleitung zu einem vermeintlich besseren Leben? So ganz nach dem Motto: Schreib ein nettes Zetteli, Lächle mal wieder, feiere mit deinen Nachbarn, ganz allgemein mehr Weihnachten fürs Mami und überhaupt meh vom Läbe?

Eine meiner ganz grossen Nonsens-Favoriten ist die Werbung mit dem am meisten eingehenden Werbesong. Während eine sanfte Männerstimme vom «Gut-Aussehen» und vom «Weit-Bringen» singt, lachen diverse Charaktere gaaaanz natürlich in die Kamera. Glatt rasiert geht's eben ringer durchs Leben – man siehts dir an!

Ui und wenn ich gerade dabei bin, kennst du die Werbung, bei der ein Mann im schrillen gelben Anzug auf einem Hüpfball durch die Gegend saust, um ein leckeres Guetzli zu bringen? Da stellt sich mir doch die Frage – WARUM? Warum nimmt der Kerrli einen Hüpfball und kein Velo, Moped, E-Scooter, Rollschuhe oder Auto? Welches Hirn(i) hat das denn wieder ausgebrütet?

Doch wie macht man denn heutzutage überhaupt noch gute Werbung? Und was versteht man unter gut? Ist gut unterhaltsam, zum Kauf anregend, spannend, lustig, einprägend oder gar nervig? Ist gut ganz einfach im Hirn kleben bleibend?

Früher lachten die Kinder, wenn sie einen Mocken Schoggi im Lädeli geschenkt bekommen haben oder die stolze Hausfrau das neuste Abwaschmittel in die Kamera gehalten hat. Kannst du dich noch an die Werbung erinnern, als man auf dem Segelschiff ein lecker Bierchen gezischt hat, eine halbnackte Schönheit das neue Duschgel ausprobierte oder der obercoole Zigimann durch die Prärie ritt?

Zugegeben, diese Werbungen waren auch nicht viel schlauer, aber das Empfinden hat sich wohl komplett verändert.

Wie macht man denn heutzutage den Zuschauern Damenbinden, Mascara, Hämorrhoidensalbe, Waschpulver oder die neuste Nobelkarosse schmackhaft? Die einen versuchen es mit Tieren, die anderen mit Kindern und wieder andere mit Robotern.

Nur einer, der hält an Tradition fest und erzählt uns seit gefühlt 100 Jahren in stoischer Ruhe etwas über Bettwaren und Gänsedaunen (von toten Tieren). Nun hat er noch Verstärkung von seiner besten Mitarbeiterin erhalten und wenn man die Statisten im Hintergrund genauer unter die Lupe nimmt, muss man unweigerlich schmunzeln, wie die da in den Daunen wühlen und ein wenig verunsichert in die Kamera schauen oder auf irgendwelchen Apparaten rumdrücken. Ich sag dir, diese Werbung macht einfach gute Laune und ist mit Abstand die coolste, denn die kennt einfach JEDER.

Ziel erreicht, muss man wohl neidlos zugeben und vielleicht mache ich irgendwann doch mal eine telefonische Reservation und schaue beim Reinigen meiner Duvets zu.

Hab' schon Dümmeres gemacht im Leben. Aber Obacht, montags geschlossen.

Und nun noch ein bisschen Werbung in eigener Sache. Chauf doch wiederemal es guets Buech!

Erhältlich überall wo's Bücher gibt und natürlich bei mir im Shop unter: www.sanjustar.com

Die Macht der Sprache oder

Cheibe guet! Nr. 2

Grüezi, hoi und schön, dass wir uns hier treffen. Neulich stand ich an der Haltestelle. Neben mir zwei alte Damen, die ebenfalls auf den Bus warteten. Es war Grau in Grau. Die Wolken waren erdrückend und ein Sturmtief war im Anmarsch. Und auf einmal – kleine fiese Regentröpfchen. Wo blieb denn dieser vermaledeite Bus? Doch nicht nur ich fragte mich, ob ich nun doch noch den Knirps aus der Tasche grübeln musste, sondern auch meine Mitwartenden. Und während Grosi 1 Grosi 2 fragte: «Meinsch, mir bruched gäng no de Paraplü?» katapultierte mich dieses eine kleine Wort um Jahrzehnte zurück. In meine Kindheit, zu meinem Grosi. Denn dieses benutzte auch einen «Paraplü», wenn der Regen kam. Wie schön, dieses Wort und diese Erinnerungen ganz unverhofft geschenkt zu bekommen! Danke Universum.

Ja, unsere Sprache hat schon eine unheimliche Macht. Sie kann schmeicheln, liebkosen, anführen und dirigieren, sie kann Angst nehmen, Mut geben und Hoffnung sähen. Sie kann aber auch verunsichern, verwirren (mit all diesen neuen Querverweisen, Schrägstrichen und Sternchen), sie kann herabsetzen und schlimm verletzen. Über die neuen, vermeintlich notwendigen Anpassungen unserer Sprache kann man sich streiten, aber weisst du was? Dazu habe ich hier und heute keine Lust, denn du weisst ja, ich streite aus Prinzip nicht. Mir geht es hier und heute nicht um Politik, mir geht es um gelebte Sprache – ums Gefühl.

Höre ich heutzutage noimed den Ausruf «heitere Siech!» muss ich an mein anderes Grossmami denken und bei «Item» an einen ehemaligen Chef. Jemand hat mal zu mir gesagt, dass ich gemäss eigener Aussage immer alles «rasch», «husch», «gschnäll», «fix» oder «gschwind» erledigen würde. Das kommt daher, weil diese Worte der Aufgabe ihre vermeintlich unüberwindbare Grösse nehmen, sie «einfach» und «machbar» erscheinen und sie gar zu einem Hudipfupf werden lassen. Auch hier bewirkt Sprache etwas ganz Entscheidendes. Ja bigoscht, gäll?

Sprache ist wichtig, da sind wir uns wohl alle einig und richtig dabei sein, kann man erst, wenn man die Sprache beherrscht. Ich gebe mir immer eine uhüne Mühe, wenigstens ein paar Brocken in der Sprache zu lernen, in deren Land ich reise. Meist muss dann ein Rezeptionist oder ein Kellner dran glauben und sich meine Wörtli und Sätzli auf Spanisch, Griechisch oder Isländisch anhören. Und in den allermeisten Fällen, folgt dann ein Lächeln und die Freude, dass sich jemand für die dort herrschende Sprache interessiert. Sprache kann Brücken schlagen und Mauern einreissen.

Und weisst du was? Sprache macht Spass! Sind wir doch mal ehrlich, ist insbesondere unsere Mundart nicht einfach eine uhüne schöne Sprache? Wörter wie Gnuusch, Knirps, Chrüsimüsi oder Schnäddergäx sind ganz oben auf meiner Hitliste. Sind Bündelitag, Untertässli und Kaffibeckeli nicht grossartig? Insbesondere veraltete Worte und Ausdrücke, die kaum einer mehr gebraucht, haben es mir angetan. Fisimatente durfte man früher schon mal gar nicht machen, e Cucummere konnte man im Konsum kaufen und en Chnuppersager sollte man auch nicht sein.

Mängsmal mached mi diä Glöggliböögge, Füdli-büger und Plagööris fasch es Bitz stigelisinnig, chömed doch immer all a di gliich Hundsverlo-chete – einfach herrlich nicht? Hast du auch ein Lieblingswort, eines, das nicht in Vergessenheit geraten darf, weil es einfach zu schön ist?

Ein Komiker hat mal über die kleinen Worte «so», «guet» und «also» berichtet. Insbesondere, um Telefonate zu beenden, werden sie sehr ger-ne benutzt, denn sie sind so abschliessend.

So – da simmer jetzt,

guet – nun wurde alles gesagt und

also – auf zu neuen Ufern.

In diesem Sinne wünsche ich dir, lieber Leser, von Herzen einen schönen Hinicht.

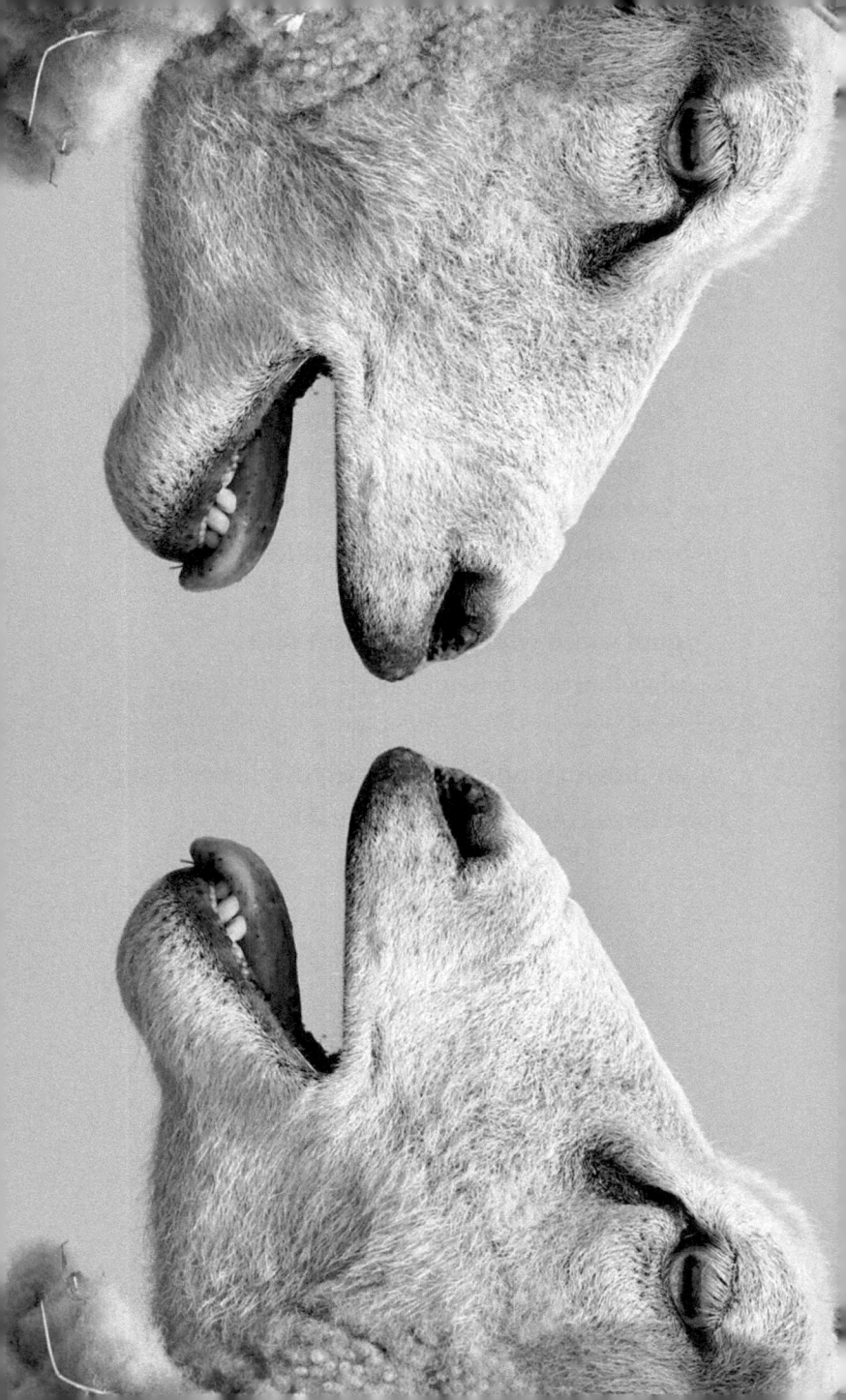

Was bisher geschah...

Grüezi und herzlich willkommen zum kleinen Jahresrückblick auf dieser Seite. Vieles ist wieder geschehen auf unserer kleinen Kugel und langweilig wird es hier ganz bestimmt nie. Einiges verpufft zwar beinahe ungehört in der Luft, anderes hängt uns dafür wie Kaugummi am Schuh - aber lies selbst. Was bisher geschah...

Same same, but different, hiess es zum Jahresbeginn. In Brasilien stürmten Anhänger des ehemaligen Präsidenten das Kongressgebäude und wir zuhause an den Bildschirmen erinnerten uns justament schauderhaft an die Bilder vom Sturm aufs Kapitol zwei Jahre zuvor in Amerika. Und irgendwo auf dieser Welt wurde ein Baby geboren...

Auch die Natur meldete sich zu Beginn. Unsere Kugel bebte mal wieder und es traf die Türkei und Syrien mit voller Härte. Nach dieser Katastrophe wurden in beiden Ländern gemäss Medien mehr als 59.259 Tote geborgen und mehr als 125.000 Verletzte registriert. Und irgendwo auf dieser Welt spielten zwei Kinder friedlich mit einem roten Ball...

Im Frühling tätschte es erneut, diesmal im afrikanischen Sudan. Die Kämpfe wurden durch die Medien als Putschversuch durch eine paramilitärische Einheit interpretiert. Gewalt und Terror im ganzen Land und mittendrin wie immer unschuldige Zivilisten. Und irgendwo auf dieser Welt, fanden zwei Menschen nach Jahren wieder zueinander...

Der Sommer wurde durch Wasser in rauen Mengen bestimmt: Anfangs Juni wurden wir Zeuge von einem gesprengten Staudamm in der Ukraine und der unheimlichen Zerstörung, die damit einherging und in einem Mini-U-Boot, welches zum Titanic-Wrack unterwegs war, starben aufgrund einer Implosion fünf Passagiere. Und irgendwo auf dieser Welt, sangen und lachten vier Jugendliche in einem Garten...

Nur einige Wochen später zeigte sich die Natur von einer ganz anderen Seite. Wald- und Buschbrände tobten im Nordosten Griechenlands. Viele verloren ihr ganzes Hab und Gut an die Flammen. Und irgendwo auf dieser Welt, half ein Mensch einem Tier in Not...

Im Herbst ging ein Erdbeben durch die katholische Kirche und wir haben erfahren, was wir eigentlich schon alle wussten. Die katholische Kirche krankt, auch in der Schweiz. Doch nicht nur die Kirche hatte es schwer, auch Marokko wurde erschüttert und alles lag in Trümmern. Und irgendwo auf dieser Welt, feierten zwei Menschen ihre goldene Hochzeit...

Anfangs Oktober erreichte uns bereits die nächste schrecklich Nachricht. Der jahrzehntelange Konflikt im Nahen Osten ging in eine neue grausame Runde. Die Verlierer? Millionen von Zivilisten auf beiden Seiten, die nur eines wollen - endlich Frieden. Und irgendwo auf dieser Welt sang ein Vater seine kleine Tochter in den Schlaf...

Du hast es bemerkt? Ich könnte noch ewig so weiterschreiben. Uns erreichen im Minutentakt die schlimmsten Nachrichten dieser Welt. Sie machen ohnmächtig, betroffen, wütend und hilflos. Aber egal wie schlimm diese Nachrichten auch sein mögen, irgendwo auf dieser Welt geschehen, ebenfalls im Minutentakt, auch immer wieder gute Dinge, tolle Dinge - jeden Tag, überall! Lass dich nicht entmutigen von all dem Schrecken, der da draussen tobt, richte stattdessen deinen Blick auf die schönen, oftmals kleinen Dinge, die das Leben für uns bereithält und dieses, trotz aller widrigen Umstände, doch unglaublich lebenswert macht. Das soll nicht heissen: schau weg! Es soll vielmehr bedeuten, schau genauer hin. Und sollte wirklich mal keine einzige gute Nachricht mit dabei sein – sorge selbst dafür!

Und so wünsche ich dir und deinen Liebsten von Herzen im kommenden Jahr viele dieser «Und irgendwo auf dieser Welt-Momente», die dich mit Freude und Zuversicht, Mut und Hoffnung erfüllen. 2024, du kannst kommen – wir sind bereit…

Kleider machen Leute

Hallo und schön, dass du vorbeischaust. Zu einem runden Geburtstag, zu einer Hochzeit, zu Weihnachten und zu Neujahr habe ich mir heuer tausend Gedanken gemacht, was ich denn zu diesen ganz besonderen Anlässen so tragen könnte. Man will ja nicht wie der letzte Mensch daherkommen, oder?

Unzählige Stunden habe ich mich in diversen Boutiquen umgesehen und durch Online-Anbieter wie Zalando geklickt und auch hie und da mal etwas frei Haus liefern lassen. Umgehauen hat mich nichts so richtig, und so habe ich mich schlussendlich zu Silvester für ein rotes Kleid entschieden, ganz getreu dem Motto unserer südlichen Nachbarn, dass die Farbe Rot Glück verheissen soll. Aufgrund der desolaten Witterungsverhältnisse sah ich mich leider gezwungen, dieses Kleid mit derben Winterstiefeln zu crashen, denn die dafür vorgesehenen Wildlederstöggis wären schnell mal ruiniert gewesen. Aber sei's drum, geht ja alles heute.

An Ort und Stelle mussten meine Begleiter und ich schnell mal feststellen, dass unsere Mitmenschen sich wohl nicht die Mühe gemacht haben, sich des vermeintlichen Kleiderproblems anzunehmen.

Von derben (und schmutzigen!) Wanderschuhen über Skirollis, kaputte Jeans oder gar Leggins haben wir alles zu sehen bekommen. Und nun an dieser Stelle wie immer die alles entscheidende Frage – WARUM?

Warum wird heute keinen Wert mehr auf schöne Kleidung gelegt? Geht man ins Theater oder gar in die Oper kann man fast sicher sein, dass der Sitznachbar in Shorts noch die halbe Campingausrüstung mit dabeihat (man weiss ja nie), oder das verchrugglete T-Shirt, das dem Geruch nach nun schon zum 4. Mal hinhalten muss, und auf dem wohl der Hund noch sein Nickerchen gehalten hat, auch ganz gut noch für den Opernbesuch am Abend ausreicht.

Wenn ich mich so umsehe, dann muss ich leider feststellen, dass jegliche Qualität verloren zu gehen scheint. Egal wo man ist; Fachwissen, Interesse, Kundendienst, ja sogar Anstand und

Respekt und eben auch die Kleidung scheinen an Wert verloren zu haben. Ist das nicht äusserst schade?

Versteh mich bitte nicht falsch. Auch ich habe im Alltag hie und da mal Jeans am Füdli, die Löcher an den Knien haben. Aber diese sehen ganz sicherlich niemals eine Oper von innen! Auch ich war als Jugendliche den damaligen Kleidertrends unterworfen (dicke derbe Schuhsohlen, breite Hosen, neonfarbene Nylonblusen), aber beim Bewerbungsgespräch wurden die kurzen und immer strubbeligen Haare schön nach hinten gegelt und die schlichte weisse Bluse von zuhinterst im Schrank hervorgeholt. Sauber und frisch aufgebügelt. Dies wäre dem Respekt für mein Gegenüber und der Situation geschuldet, so habe ich dies noch gelernt.

Und heute? Ich bin auch dafür, dass dunkelblaue (ganze!) Jeans durchwegs salonfähig sind, auch dass man nicht verkleidet daherkommen muss, aber ich bin, ja, nennen wir es mal Neudeutsch »oldschool«, denn ich freue mich, mich für spezielle Anlässe herauszuputzen. Mir Gedanken zu Kleidung und Schuhen zu machen und so diesen Momenten einen Hauch von Einzigartigkeit zu verleihen. Ich liebe es, wenn Männer in korrekter Schale daherkommen und die Schuhe (hui, es gibt doch nichts Schöneres als lederne Männerschuhe) farblich zum Gürtel passen. Ich mag es durchaus, wenn die BH-Träger bei den Damen unsichtbar sind, die Kleider in der korrekten Grösse sitzen und der Lippenstift zum Nagellack passt. Kleinlich sagst du? Vielleicht. Detailverliebt? Ja unbedingt! Denn diese machen das Gesamtbild aus.

Kleider sind für mich Ausdruck der Stimmung, der Persönlichkeit. Sie unterstreichen und schmücken, verhüllen und verzaubern. Sie sind aber auch immer der jeweiligen Situation geschuldet und ich bin schon froh, dass der Bankangestellte nicht im Unterlibli und Boxershorts meine Zahlungen entgegennimmt.

Neulich habe ich einen vermeintlichen 1.Lehrjahr-Stift an der Bushaltestelle getroffen – im schicken grauen Anzug mit Krawatte. Ein wenig ungewohnt scheint ihm die neue Kleidung wohl gewesen zu sein, jedoch das Lächeln im Gesicht hat Bände gesprochen. Hui, war der

Bengel stolz und ich mit ihm! Leute machen Kleider – aber Kleider machen eben auch Leute, denn auch das kleinste Geschenk macht doch noch viel mehr Freude, wenn es in hübscher Verpackung brillieren und begeistern kann.

Alltagskarma

Salutti und herzlich willkommen. Ich hoffe, es geht dir gut und du geniesst auch den Frühling und die Sonne. Sag mal, glaubst du an Karma? Ja ganz genau, dieses unerklärbare Ding aus dem fernen Osten, das man so salopp erwähnt und doch keiner wirklich weiss, worum es sich handelt. Sucht man nach Karma im Internet wird man rasch fündig. Wikipedia zum Beispiel beschreibt es in etwa folgendermassen: ...ist ein spirituelles Konzept, im dem jede physische und geistige Handlung Folgen mit sich zieht. Diese würden sich durch Schicksalsschläge im weiteren Leben oder aber auch in einem nächsten Leben ausdrücken oder/und die Form der Wiedergeburt (in der Hölle oder auf der Erde; als Mensch, Tier oder Pflanze) bestimmen. Sodeli. Weisst du was? Ich glaube an Karma und an Wiedergeburt, muss das aber ein wenig relativieren. Ich glaube daran, dass Gutes zu Gutem führt, glaube aber nicht, dass einem das Universum jetzt mit Krankheiten oder Unglück auf den Deckel haut, wenn man was Unrechtes getan oder was Böses gedacht hat. Denn wenn ich mich so umschaue, tüpft es ja meist die Falschen. Ich glaube auch nicht, dass schlechte Menschen als Ameisen wiedergeboren werden, denn warum sollte ein Ameisenleben schlechter sein als ein Menschenleben? Dass alle unsere Handlungen aber auf irgendeine Weise Folgen nach sich ziehen, darüber sind wir uns, denke ich einig – wir leben ja schliesslich nicht in isolierten Blasen, sondern sind alle Rädchen in ein und demselben Getriebe, nicht wahr?

Wie aber sieht Karma im normalen Alltag aus?

Nehmen wir zum Beispiel die Begebenheit, welche sich vor einiger Zeit bei mir im Büro abgespielt hat. Der Grashüpfer, welcher sich in der Gardine verfangen hat, sollte umgehend totgeschlagen werden. Am besten zusammen mit der Spinne, die sich – ja was erlaubt die sich eigentlich – ganz keck oben rechts im Klo von der Decke hängen lässt, saperlot! Und was jetzt kommt, mein lieber Leser, kannst du dir sicherlich denken. Ich widersetzte mich vehement dem Killerkommando und rettete sie alle. Ob Thekla die Spinne, Flip der Grashüpfer oder gar die aggressive Killerwespe, nennen wir sie Luise – ich hole stoisch jedes Mal ein Glas, packe die unerwünschte Bagage mit rein und lasse sie im Garten wieder raus. Basta. Meine Arbeitskollegen belächeln mich dafür, nennen mich «Karma-Queen» und schütteln die Köpfe. Was für ein Aufwand, wegen der paar blöden Viecher!

Sollen sie. Ich bin mir zu 100% sicher, dass das, was ich tue, richtig ist. Denn wenn ich im nächsten Leben der Hüpfer oder die Spinne sein sollte, ich mich glücklich schätzen kann, wenn ich nicht gleich platt gemacht werde, nur weil ich mich am vermeintlich falschen Ort hinhocke, um ein Nickerchen zu machen. So sieht für mich ganz persönlich Alltagskarma aus.

Zeitgeist?

Würde Karma im klassischen Sinne nicht ohnehin dem Zeitgeist von heute entsprechen? Denn wenn ich das Gelesene genau nehmen will, helfe ich gemäss der Erklärung nicht in erster Linie, um wirklich andern zu helfen, also selbstloses Handeln, sondern lediglich, um Bonuspunkte für mich selbst zu generieren. Ganz getreu dem Motto: Du bist Mittel zum Zweck und dein Leid mein Profit. Ob das der richtige Ansatz ist, um Gutes zu tun? Vielleicht aber ist genau das der Ansatz, der viele von uns Menschen heutzutage überhaupt noch antreibt, Gutes zu tun. Man müsste wohl ein Gelehrter sein, um alles ganz genau zu verstehen. Lässt man den ganzen Wiedergeboren-Schnick-Schnack und das gesamte Universum aber mal aussen vor, was bleibt für uns unspirituelle Otto-Normalos? Nett sein zueinander und Hilfe geben, wo Hilfe benötigt wird. Nicht mehr, aber auch nicht weniger. Wenn ich dann noch zusätzlich Bonuspunkte ins Heft bekomme – umso besser.

Ob wir nun in einem neuen Leben wieder kommen, oder dieses hier und jetzt das einzige ist, welches wir leben, ob es Karma, Nächstenliebe, Aufmerksamkeit, blosses Interesse an seiner Umwelt oder gar purer Egoismus ist, ist doch eigentlich ganz egal. Wichtig ist in meinen Augen einzig, dass wir einander helfen, wenn wir zu helfen in der Lage sind. Würde sich jeder von uns nur an dieses simpel einfache Alltagskarma halten, wäre die Welt eine freundlichere.

Alltagsdoof

Hoihoi und schön, dass du rasch Zeit hast. Sind wir nicht ein munteres Völkchen von Individuen, die eigentlich alle dasselbe Ziel verfolgen? Möglichst unbeschadet durchs Leben zu kommen?

Und während die einen den Anschein machen, alles immer und zu jeder Zeit im Griff zu haben, straucheln andere ab und zu, stellen sich manchmal doch schon ganz schön doof an und machen sich zum Affen. Dann schaut man sein Gegenüber an und denkt sich:

Hä, wie kommst du denn durchs Leben, Kumpelchen?

Beispiele gefällig? Sehr gern.

Tatort Supermarkt: In der Tiefgarage, man kennt es, sind die Parkplätze schräg eingezeichnet, in Fahrtrichtig, so dass man ganz easy parkieren kann. Nun gibt es die Zeitgenossen, die ihren Chlapf gerade durchfahren und in den gegenüberliegenden freien Parkplatz stellen, so dass sie nach getanem Einkauf nicht rückwärts

raus müssen. Gut, die Idee wäre bei gerade ein-
gezeichneten Parkplätzen ja auch nicht so ver-
kehrt, aber bei den schrägen ist es bei voller Ga-
rage ein ziemlich schlechter Winkel, um vor-
wärts wieder rauszufahren. Viele versuchens,
viele fluchen und viele machen es immer und
immer wieder. Lustig mit anzusehen, nicht
wahr?

Wenn wir schon beim Supermarkt sind; du
kennst es vielleicht auch. Die Wägeli werden
meist auf dem Parkplatz gesammelt und meist in
zwei Reihen, irgendwo zwischen den Plätzen.
Nun gibt es die Mitmenschen, die ihr Wägeli,
trotz elend langer Schlange auch noch dort dran-
hängen, wo alle schon zur Hälfte in der Fahrspur
stehen, wo hingegen die zweite Reihe daneben
fast verkümmert. Warum nur?

Ja ich weiss schon, oftmals ist es, weil man
mit den Gedanken ganz wo anders ist, manchmal pure Bequemlichkeit und manchmal eben
auch ein bisschen Doofheit.

Ich bin da nicht anders! Neulich wollte ich mir nach dem Händewaschen besagte abtrocknen. Denkst du, ich habe geschnallt, wie bei dem Automaten das Papier rauskommt? Ich habe mit beiden Händen den ganzen Apparat abgestreift, habe davor rumgewedelt, ihm gar zugewunken - nada, da kam nichts raus. Ich wedelte und fluchte, meine Hände waren zwischenzeitig vom Wedeln schon beinahe trocken, da wies mich eine Dame ganz nett darauf hin, dass der Apparat «oldschool» sei und keinen Sensor hätte, aber man ganz einfach am Papier ziehen müsse. Hui, ebe, wie de letscht Mänsch, ich sägs der! Schämfaktor 100!

Auch elektrische Geräte sind ganz hoch im Kurs bei mir, wollte ich doch neulich die Tonerpatrone bei unserem Drucker austauschen und musste feststellen, dass der Ersatz so gar nicht ins dafür vorgesehene Fach passen wollte. Ich fluchte mal kurz auf und meldete dann unseren IT-Verantwortlichen, dass wir falsche Toner hätten.

Er kam dann auch hantli, unser IT-Boss (dänn das isch ja garnöd mögli sapperlott!) und versuchte es auch. Und weisst du was – er konnte den Tomer auf Anhieb einsetzen, denn man hätte ihn vielleicht ja auch mal umdrehen können…

Dies sind bloss kleine Beispiele, was im Alltag so allen «schief» gehen und man sich ordentlich blamieren kann. Wir sind schon eine muntere Truppe und oftmals für Lacher gut.

Denn ist es nicht herrlich, dass wir uns ab und zu so dermassen doof anstellen, dass man gar nicht anders kann, als den Kopf zu schütteln und auch und vor allem über sich selbst zu lachen? Dass wir in dieser durchorganisierten Welt eben doch auch immer noch Menschen mit Fehlern sind?

Und wenn ich das nächste Mal wieder einen Mitmenschen sehe, der sich so richtig zum Affen macht, dann bin ich echt froh, in guter Gesellschaft zu sein!

Kännsch d'Tschän Sii?

Grüezi und hoi! Säg, kennsch du d'«Gen Z», also «Tschän Sii» genannt? Einige denken nun, was zum Henker… aber kurz erklärt: Generationen werden, um wohl dem Schubladisierungshunger in uns zu stillen, mit typischen Merkmalen versehen. Oftmals sind die Grenzen unklar, wenn man bei Tante Google nachfragt, aber das muss uns hier und heute nicht weiter stören. Beginnen wir mit der stillen Generation. Dazu gehören die Menschen, welche vor 1945 geboren wurden, also unsere Grosis und Öpis. Sie sind die Altersgruppe, welche den Zweiten Weltkrieg miterlebt hat. Dann folgen die bekannten Babyboomer, welche bis Ende der 60er Jahre auf die Welt gekommen sind. Sie gelten als diszipliniert und leistungsorientiert. Die nachfolgende Generation X wird bis in die frühen 80er Jahre klassifiziert. Sie gilt ebenfalls als leistungsorientiert, jedoch eine Balance zwischen Beruf- und Privatleben anstrebend. Die darauffolgende Generation nennt sich Y und wird auch als Digital Natives bezeichnet. Sie dauert bis in die späten 90er Jahren und hat den Umgang mit technologischen Medien erst erlernen müssen. Und nun sind wir auch schon bei der «Tschän Sii», welche bis ca. 2009 eingeordnet werden und die heutigen jungen Erwachsenen verkörpern. Sie wurden bereits als kleine Kinder mit Smartphones oder dem Internet konfrontiert und soziale Medien gehören für sie zum Alltag. Was die Generation Y wie gesagt erst mühsam erlernen musste, ist für sie einfach nur logisch.

Man sagt der Generation Z aber auch nach, dass sie desinteressiert und faul sei. Verdienen möchte sie viel, arbeiten lieber weniger und am liebsten chillt die «Gen Z» mit ihren Homies. Sie fordert auch viel und leistet wenig. Ja, die gibt es, ganz sicher sogar. Manchmal kann man echt nur staunend den Kopf schütteln, als nicht «Gen Zler». Aber meist, wenn ich Tschän Sii «in the mood» miterlebe, sei es an der Bushaltestelle, im Migros oder sonst wo, muss ich mir selbst ins Gedächtnis rufen, wie wir damals waren...

Auch wir haben uns in der Oberstufe heimlich vom Pausenplatz entfernt und uns ab und zu mal auf die Mütze gegeben. Wir haben in der hintersten Reihe gequatscht, lauthals falsch gesungen und die Reste des Kochunterrichtes draussen in den Chübel gepfeffert. Wir haben uns doofe Spitznamen gegeben und stundenlang mit Freunden telefoniert, damals noch mit dem Festnetz zuhause im Flur. Wir fanden uns die Allergrössten, wenn wir zu viert auf einem Velo und zu dritt nebeneinander fuhren und fühlten uns unbesiegbar, wenn wir heimlich eine hinter der Schule geraucht haben (geschmeckt hat es ja keinem von uns, simmer doch emal ehrlich). Unsere Eltern hätten ganz bestimmt ein paar Stories über uns auf Lager und lebhaft kann ich mich an die Anekdoten meiner Grosseltern erinnern! Die haben ja noch Sachen angestellt, heitere Siech, da kann die «Gen Z» nur staunen!

Jede Generation (die neuste Generation Alpha nicht zu vergessen) hat doch ihre Querulanten und ihre Streber hervorgebracht und niemals sollte man alle in einen Topf stecken. Genauso wie es bei der stillen Generation auch laute

Exemplare gibt, bei den Babyboomers faule Säcke und bei der Generation Y solche, für die es ganz normal ist, jeden Gartensalat im Facebook zu posten, so gibt es auch bei den «Gen Z» ganz viele Menschen, die pögget, worauf es ankommt und für die «Mitmache» kein Fremdwort ist. Nur von denen hört man leider nie.

Solltest du also mal gefragt werden, ob du schon mal von der Generation Z gehört hast, so kannst du ab jetzt antworten - Tschän Sii? Ja, da weissi Bscheid.

Buchpreis

Hallo liebe Freunde. Neulich stand ich an der Kasse eines sehr günstigen, na, nennen wir's grad beim Namen, megabilligen Kleiderhändlers. Vor mir standen zwei Mamis in der Schlange, beide einen Kinderwagen mit Zwergen schiebend, und Obacht, jetzt geht's los…

Mami 1, nennen wir sie Brigitte, berichtete Mami 2, sagen wir Cornelia zu ihr, gerade ihren Unmut. Der zweite Zwerg, der heute bei der Oma war, wollte neulich ein Kinderbuch haben. An und für sich nichts Aussergewöhnliches (für mich eine tolle Sache!), aber stell dir mal vor, das blöde Buch hat doch glatt 29.90 Franken gekostet – für ein Kinderbuch! Hat man noch Worte! Also fast 30 Stutz würde sie sicherlich nicht für ein Buch hinblättern, wo kommen wir denn dahin? Und so ging die Tirade weiter, bis Brigitte schliesslich an der Reihe war und ein Sommerröckli für CHF 49.90 auf den Tresen knallte. Hui, ein Schnäppchen, da hatte sie nun Freude dran. Dass dieses Röckli wohl keine zwei Saisons überleben würde und sich die Nähte schon von blossem Ansehen auflösten, daran störte sich in dem Moment niemand. Eifach mal en aständige Priis…

Ja, meine Leser. Mir als Autorin und Illustratorin auch und vor allem von Kinderbüchern blutete das Herz. Ein Buch ist doch so viel mehr als nur ein paar bunte Seiten und einem Hochglanzdeckel obendrauf, der das Ganze zusammenhält. Ein Buch zu schenken, heisst eine Geschichte zu schenken, ein neues Universum mit neuen Freunden. Ein Buch zu bekommen, bedeutet Spannung und Abenteuer, Freude und Trauer zugleich. Ein Buch ist Emotion pur. Und sowas darf heutzutage nicht mal 30 Stutz kosten, steckt doch so viel Arbeit und Herzblut drin. Hingegen das Röckli ist jeden Rappen wert.

Woher bloss kommt dieses unsägliche Preisempfinden? Wie schnell sind wir bereit, für Klamotten Unsummen zu bezahlen! Warum scheint es niemanden zu stören, wenn eine Jeans schnell mal über 150 Franken kostet, und eine Tasche gar im oberen vierstelligen Bereich liegt? Wenn die Gesichtscreme gerne mal das meiste des Monatslohnes verschlingt und ein simpler Nagellack mehr kostet als mein Mittagsmenue im Resti?

Und seit wann darf ein Buch, ob Kinderbuch, Roman oder auch ein Sachbuch am besten gar nichts mehr kosten?

Ich weiss es ja aus eigener Hand und ich kenne einige Autoren. Wie lange ist der Weg von der Idee zum fixfertigen Buch. Tage, Wochen, Monate oder auch mal Jahre liegen Manuskripte rum, steckt man irgendwo in einer Sackgasse fest, malt das gestrige erneut, krempelt um und fängt nochmal ganz von vorne an. Und irgendwann mal, hält man sein Buch in den Händen. Alle Last fällt ab und alle Mühen haben sich gelohnt.

Mein neustes Buch hat 68 Seiten, davon enthalten 44 Seiten farbige Illustrationen, welche alle von Hand gemalt worden sind. Am Text habe ich Monate gefeilt und einige Bilder doppelt oder auch dreimal gemalt, bis sie so waren, wie ich sie gerne haben wollte. Das Buch ist lehrreich und informativ, es enthält neue Protagonisten, eine Geschichte und ganz viel Liebe – und kostet in Deutschland 25 Euro und hier bei uns je nach Anbieter zwischen 25 und 39 Franken. Und nun sag mir - zu teuer?

Ich bin grosser Fan von Büchern! Peterchens Mondfahrt, Alice im Wunderland, die unendliche Geschichte, Mio mein Mio aber auch Herr der Ringe lese ich immer und immer wieder aufs Neue. Neulich habe ich mir eine wunderschöne Ausgabe des Klassikers «In 80 Tagen um die Welt» gekauft. Mit vielen farbigen Illustrationen und Karten, Zusatzinformationen und einem hübschen Lesezeichen aus Stoff. Ja, ich habe ein paar Franken dafür liegen lassen und es ist jeden davon wert.

Ich tauche ab in die Welt des 19. Jahrhunderts, reise zusammen mit Phileas Fogg und seinem Diener Passepartout mit Zug, Dampfschiff und Elefant um die ganze Welt, erlebe Abenteuer und kämpfe mit ihnen gemeinsam gegen die Zeit – wie könnte ich meine Batzen besser investieren?

Und so hoffe und wünsche ich mir, dass sich dieses doch sehr merkwürdige Preisempfinden irgendwann einmal regulieren wird und auch Brigitte und Cornelia den wahren Wert von Büchern für sich und ihre Kids entdecken werden. Denn Geschichten prägen einem das gesamte Leben lang und sind nicht die schönsten Kindheitserinnerungen diese, wenn man abends vorm Schlafengehen von Mami oder Papi eine Geschichte vorgelesen bekam?

Sonderpreis

~~11,90~~

12,90 CHF

Rabatt &1%

Deine Meinung ist gefragt

Halli hallo und schön, dass wir uns hier treffen. Ist dir auch aufgefallen, dass man seit geraumer Zeit immer und überall nach seiner Meinung gefragt wird? Schaue ich über Mittag mal rasch die Nachrichten unserer Freunde aus dem grossen Kanton, kann ich mir sicher sein, dass irgendwann ein QR-Code erscheint, den ich dann scannen soll, um meine Meinung zu irgendeinem Nonsens-Thema abzugeben.

Ob es nun die neue Abnehmspritze ist, Ärger im Urlaub, der hippste Modetrend, die neusten Beauty-Hacks, Osterdeko oder Muttertagsgeschenke-Stress – zu jedem Quatsch, und sei er auch noch so klein, ist unsere Meinung gefragt. WAS SOLL DAS? Sollen wir uns damit irgendwie ernst genommen, und damit wichtig fühlen, ist das die berühmt-berüchtigte Kundenbindung oder dient das lediglich zur reinen Arbeitsbeschaffung, denn irgendein armer Tropf muss diese Abstimmungen ja ganz bestimmt auswerten. Weisst du was? MICH NERVT DAS.

Ich möchte mich ab und zu ganz einfach mit Infos berieseln lassen und nicht immer interagieren und entscheiden müssen. Also, liebe Medienschaffende, hört bitte auf mit dem Seich.

Neulich war ich auf einem öffentlichen Klo und du glaubst es nicht, beim Händewaschen resp. trocken Föhnen blickte ich auf ein Plakat, welches mich aufrief, der Putzequipe zu folgen. Hat man noch Worte! «Scannen Sie ganz einfach den unten aufgeführten QR-Code und verfolgen Sie unsere Reinigungsfirma bei ihrer Tour» – NÖD WAHR, ODER?

Versteh mich bitte nicht falsch, nichts gegen die Putzequipe, um Himmelswillen, die machen einen tollen Job, und es könnte auch der ortsansässige Politiker, Trump himself oder das Team der Badi sein, aber bevor ich dann gar nicht mehr weiss, was ich mit meiner Zeit anfangen könnte, also, bevor ich irgendwelche Mitmenschen oder Organisationen mittels QR-Codes verfolge, gehe ich doch lieber spazieren, schwimmen, lese ein Buch, zeichne, töpfere, besuche Freunde oder helfe irgendwo aus.

Kaum aus den Ferien zurück bekommt man heutzutage eine Mail, mit der Bitte, man solle doch Flug, Hotel, Reception, Zimmer, Frühstück, Kinderbetreuung, Schuhputzmaschine, Strand und Pipapo und was weiss ich nicht noch alles beurteilen. Und natürlich alles ganz easy, mittels QR-Codes. Ja, ich weiss, das dient zur Verbesserung, aber früher galt mal – wenn man nichts hört, war alles gut – gilt das heute denn nicht mehr? Mittlerweile fragt mich sogar mein Telefon im Büro nach jeder Verbindung, ob ich mit der Qualität des Gesprächs zufrieden war und ob ich doch die Güte hätte, Sterne zu verteilen. CHASCH HÖRRE, ES LANGED.

Aber diese QR-Codes mit Abstimmung kommen ja nicht ganz von ungefähr, oder? Ist auch das ganz einfach eine Zeiterscheinung? Wir leben ja bekanntlich in einer Welt, die voller Experten ist. Jeder weiss über alles und jeden Bescheid und viele haben anscheinend den Drang, ihr vermeintliches Wissen mit der Umwelt zu teilen – mittels Nonsens-Abstimmung im Fernsehen oder auf Social Media. Jeder scheint irgendwie Bestätigung zu brauchen, und jeder scheint irgendwie seinen Senf abgeben zu wollen. Lustigerweise sind das aber auch genau dieselben Mitmenschen, die nie an die Urne gehen. Es interessiere ja ohnehin keinen, was man wählen würde und die da oben machen ja eh was sie wollen. Ist es aber nicht vielmehr so, dass wir uns einfach nicht (mehr) mit schwierigen Themen beschäftigen wollen, mit Politik und deren Auswirkungen? Sich Gedanken zu diesen Themen zu machen, erfordert Interesse und das fehlt leider im Alltags-Wahnsinn nur allzu oft.

Aber mitreden, das möchte man halt dann doch, und wenn's nur bei der Löli-Abstimmung im TV über hässliche Weihnachtspullis oder auf Instagram zu Fitnessvorschlägen einer Influencer-Baabä ist. Man ist dabei.

Und wenn du mir jetzt schreiben möchtest, so bist du natürlich frei, dies zu tun, aber verlangen tu ich es nicht von dir.

Und wenn du nun aber doch Lust hast, den folgenden QR-Code zu scannen – dann viel Vergnügen!

Chattest du auch?

Tschäse und schön, dass wir uns hier treffen. Um nicht gerade von gestern zu gelten, habe ich neulich den Versuch gestartet, und Chat GPT heruntergeladen. Du weisst nicht, was das ist? Mach dir nichts draus, bis vor kurzem gings mir ganz genauso. Aber Obacht…

Chat GPT ist ein im Jahre 2022 vorgestellter Chatbot eines US-amerikanischen Softwareunternehmens der in der Lage ist, mit Nutzern zu kommunizieren. Aha. Und was genau ist ein Chatbot? Ein Chatbot ist simpel erklärt ein Roboter. Durch die integrierte künstliche Intelligenz lernt er ständig dazu und kann somit auch auf nicht vordefinierte Fragen der Nutzer antworten. Lange Rede, kurzer Sinn, man schreibt wie bei WhatsApp oder sms Textnachrichten, aber nicht mit einem Menschen, sondern mit einem Roboter. Der wünscht einem am Ende noch einen schönen Abend und fragt, ob man mit dem Ergebnis zufrieden war. Jaaaa, tolle Sache.

Also habe ich mir mal ein paar Minütchen Zeit genommen, um mich mit dem Chatbot bekannt zu machen. Viel muss man da nicht können. Man muss sich lediglich mit Mailadresse, Vornamen und Geburtsdatum anmelden und dann geht der Spass auch gleich los. Einfach ins Feld reinschreiben und auf Antwort warten.

Ich sag dir, du wirst nicht einmal blinzeln, schon hast du eine vor dir. Der konnte mir sogar die Predigt vom 16. Sonntag im Jahreskreis, Lesejahr B wiedergeben oder mir die ganze Geschichte vom Fall der Berliner Mauer erklären – er weiss alles, und wenn ich schreibe alles, dann meine ich ALLES.

Ob Omeletten-Rezept wiedergeben (mit Guten Appetit und Omeletten-Bild am Ende!), Geographische Begebenheiten einer Ferieninsel erläutern, Politische Unruhen erklären oder sogar einen Witz erzählen - er weiss alles!

Ist der Witz eher flach, so kann man dies dem Roboterli einfach schreiben in Form von: Der war aber flach – geht das besser? Und er antwortet: Natürlich, hier ist ein anderer... und legt los.

Tränen muss ich nun nicht gerade lachen bei der Auswahl, aber ich bin geplättet, ob dieser Erfindung, denn irgendein kluger Kopf hat das ja programmiert, stell dir das emal vor!

Wie gesagt – echt cool, aber macht irgendwie auch voll Angst! Zu wissen, dass ich mit einer künstlichen Intelligenz, also einer Maschine kommuniziere und die mir in Sekundenbruchteil alle meine Fragen beantwortet, Empfehlungen abgibt oder gar schwülstige Liebesbriefe verfasst ist schlichtweg genial und gleichzeitig sowas von gruselig, dass es einem die Nackenhaare hochstellt.

In einer Welt zu leben, in der künstliche Intelligenz immer mehr zunimmt (und natürliche Intelligenz immer mehr abnimmt!), ist befremdend, wenn nicht gar verstörend. Und so versuche ich die Balance zu halten, zwischen Nutzen und Ignorieren. Heisst, ich versuche weiterhin mit gesundem Menschenverstand meinen Alltag (ohne Chatbot) zu meistern, mich zu erinnern, was ich alles mal gelernt habe, und nur, wenn ich eine (vermeintlich intelligente) Drittmeinung benötige, den Roboter aufzusuchen.

Und in diesem Sinne, habe ich Roboterli auch danach gefragt, und er hat geantwortet – aber lueg sälber…

Bist Du mir böse, wenn ich nicht jeden Tag mit Dir schreibe?

Natürlich nicht! 😊 Ich bin jederzeit hier, wenn Du mich brauchst, und freue mich über jede Nachricht von Dir, egal wie oft sie kommt. Es gibt keinen Grund, sich Sorgen zu machen – ich bin geduldig und stehe Dir immer zur Verfügung, wann immer Du etwas brauchst oder einfach nur plaudern möchtest!

Danke Dir!

Sehr gern! 😊 Wenn Du noch etwas brauchst oder einfach quatschen willst, bin ich hier! Hab einen tollen Tag!

Die Absurditäten des Alltags

Letztens stand ich in meiner Küche und starrte nachdenklich auf den Kühlschrank. Ja, genau – der Kühlschrank, das weisse, kalte Wunder, das mehr über mein Leben weiss als ich selbst. Ich bin mir sicher, dieser Kühlschrank ist in Wahrheit ein stiller Lebensberater. Was hat er mir nicht schon alles beigebracht?

Nehmen wir mal die übliche Morgenroutine. Man öffnet den Kühlschrank, sucht nach einem Frühstück, und was erwartet einen? Ein halbes Glas Marmelade, dessen Rand schon den vertrauensvollen Glanz der Vergänglichkeit trägt. Ein Päckchen Butter, das in der Ecke vor sich hinschmilzt, als wäre es ein verschollener Superheld, der seine wahre Bestimmung noch nicht erkannt hat. Und natürlich das unvermeidliche Ei, das auf dem besten Weg ist, ein «Fried Egg» in einem gut ausgeleuchteten Kochbuch zu werden, obwohl ich nicht wirklich der Typ für «brutzelndes Frühstück» bin.

Der Kühlschrank sagt mir: «Du solltest dich entscheiden. Mach was draus! Mach dich nicht so klein!»

Und er hat recht. Ich komme mir vor wie ein Mensch, der in einer Beziehung steckt – ohne wirklich zu wissen, wie es weitergeht. Da sind die Reste von gestern, die mir ins Gesicht lachen: «Glaubst du wirklich, du isst uns heute? Denk nochmal nach! Wir sind doch schon fast zu einem Bio-Skulpturen-Museum geworden.» Und dann sind da noch die Lebensmittel, die so geheimnisvoll hinter den Packungen verschwinden, als wollten sie einfach keine Verantwortung übernehmen. Eine halbe Packung Mozzarella? «Ich bin nicht ganz sicher, ob ich noch gut bin. Ich könnte dich überraschen, aber eher in der Form einer leichten Magenverstimmung.»

Was ich von diesem Kühlschrank gelernt habe, ist: Man muss sich entscheiden, was man aus dem Leben macht. Der Kühlschrank ist nicht da, um zu sagen: «Nimm dir Zeit, nimm dir etwas anderes!» Der Kühlschrank sagt: «Mach was draus! Sei mutig! Greif zu! Und wenn du nichts damit anfangen kannst, dann wird das Essen dir das auch zeigen. Glaub mir, du wirst es bereuen.»

Der Kühlschrank hat es mit seiner strengen, aber pragmatischen Art drauf. Und er versteht die Kunst des Abschieds – nichts bleibt für immer. Die Äpfel, die Anfang der Woche noch so knackig waren, sehen jetzt aus wie der erste Entwurf eines schrumpeligen Kunstwerks. Aber das ist der Punkt: Manchmal muss man einfach loslassen, auch wenn es bedeutet, den Kühlschrank zu öffnen und sich von den verschwundenen Wurstscheiben und dem schmelzenden Eis zu verabschieden.

Also, wie gehe ich mit meinem Kühlschrank um? Ich folge einfach seinem Rat: Nimm dir, was du brauchst. Und wenn es nicht passt, dann schau einfach mal in den nächsten Abschnitt. Manchmal ist das Leben einfach ein grosses Buffet – und der Kühlschrank der Einzige, der es dir sagt. Ganz ohne Floskeln. Einfach aus der Erfahrung heraus. Und mit einem Schuss Humor.

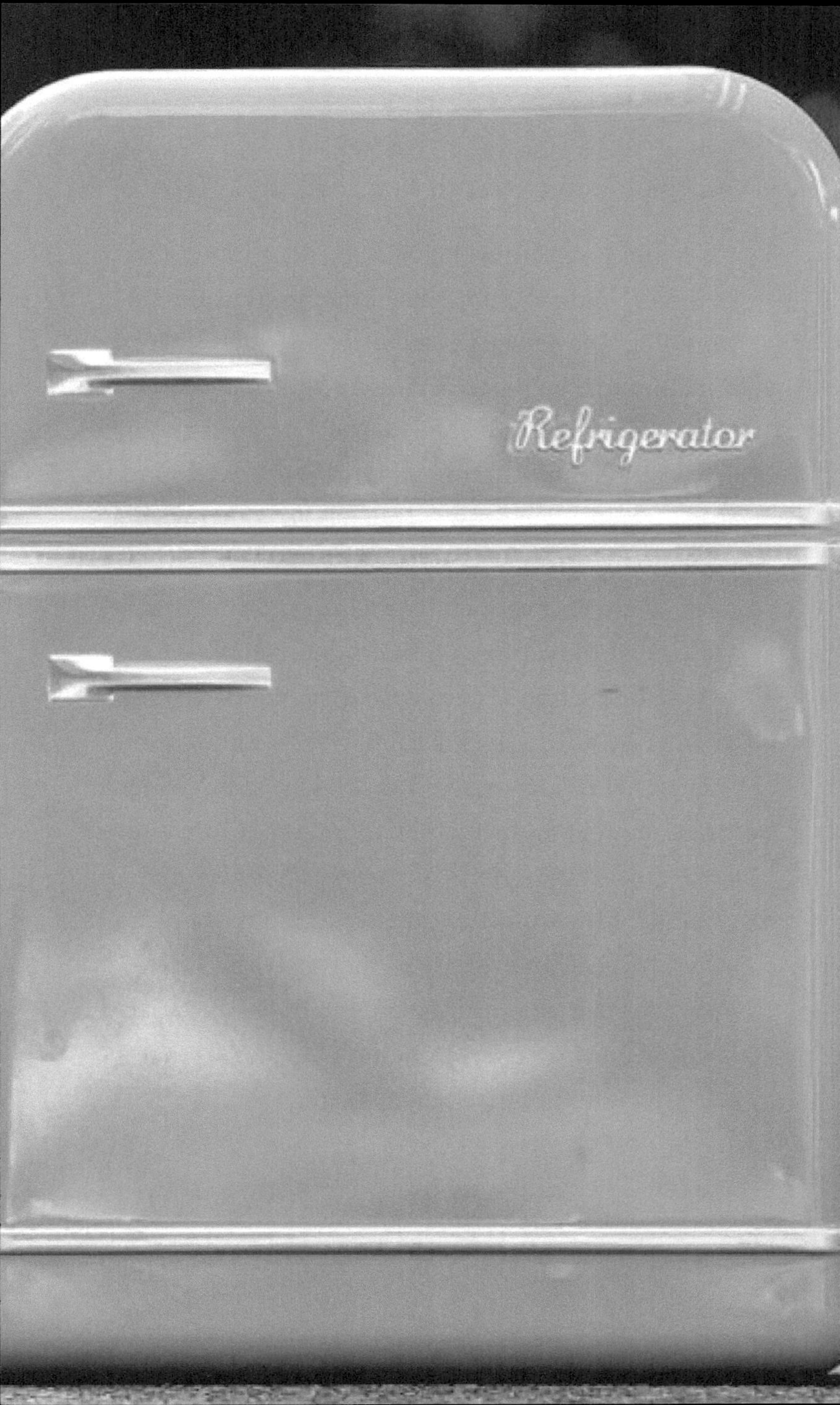
Refrigerator

C'est le ton qui fait la musique

Halli hallo und herzlich willkommen. Ich sass vor einiger Zeit im Tram und wurde unfreiwillig Ohrenzeuge eines handfesten Streits am Telefon. Die junge Frau eine Sitzreihe vor mir begann leise zu sprechen, wurde dann aber mit erregtem Gemüht immer lauter. Worum es ging, war schnell allen Anwesenden klar: der Freund oder Ehemann hat Mist gebaut… Und nach anfänglichem «Schatz, ich tolerier das nümm länger vo dir» ist die Gute bald in ein lautstarkes, ja ich würde fast schon sagen, geschrienes «Du bisch a allem Gschuld – DU, DU, DU!!!!!!» hinübergerutscht. Hui, der arme Kerrli, ich hätte schon lange aufgelegt, dachte ich spontan bei mir, und war zwischen peinlich berührt und mega gwundrig hin- und hergerissen. Leider stieg die streitlustige Dame bei der übernächsten Station aus, was sie aber nicht davon abhielt, weiter lautstark auf dem Trottoir ins Handy zu schreien. Adenade und mached Sies guet.

Ja und da sass ich nun mit anderen Ohrenzeugen, die alle irgendwie verlegen aus dem

Fenster geschaut haben, und dachte so bei mir. Ich streite nicht. Niemals. Punkt. Das ist ein Statement, eine tiefe Überzeugung in mir. Warum? Weil ich es nicht kann und weil es nichts bringt. Basta. Das will aber nicht heissen, dass ich immer einer Meinung mit meinem Mitmenschen bin, so ist es nicht, aber seine Meinung seinem Gegenüber ins Gesicht zu schreien, in der Hoffnung, je lauter, desto überzeugender, scheint mir gänzlich der falsche Ansatz zur Lösungsfindung eines Problems zu sein, oder siehst du das anders? Die Erfahrung hat mir gezeigt, dass das Gegenüber dann eher auf Abwehr, ja oftmals auch auf Trotz umschaltet, was den Stresslevel beider nur noch mehr erhöht. Was bringts unterm Strich? Rein gar nichts. Für keinen.

Das will nun nicht heissen, dass ich mich nicht ab und zu über andere Standpunkte aufrege – hui, ganz im Gegenteil! Will auch nicht heissen, dass ich nicht für meine Meinung einstehe, ich kann schon hartnäckig sein, wenn ich muss. Du kannst mir jetzt ruhig mangelndes Temperament vorwerfen, und dass man in gesunden Beziehungen auch streiten muss – ich sehe das anders. Was ist denn Streit genau? Zwei gegensätzliche Wahrnehmungen einer Begebenheit und der jeweilige Wunsch, Recht zu haben und sein Gegenüber von diesem vermeintlichen Recht zu überzeugen. Dieses Recht interessiert mich aber nicht im Geringsten. Viel interessanter ist es doch, wie zwei Menschen eine für beide akzeptable Lösung erarbeiten, oder nicht? Denn das sollte doch das erklärte Ziel sein – eine Lösung, die für beide passt. Die aber erfordert Kompromissbereitschaft, Interesse und eine gesunde Portion Empathie, um den Standpunkt des jeweils anderen zu respektieren und im besten Falle nachvollziehen zu können. Alle drei scheinen mir in der heutigen Zeit aber Mangelware zu sein. Schade drum.

Ich denke es ist wichtig, bei Meinungsverschiedenheiten Ruhe zu bewahren, sich auf das Wesentliche zu fokussieren und gemeinsam nach Lösungen zu suchen. Nur so kommt man weiter. Erst mal tief durchatmen und seine Argumente bündeln, als gleich kopflos loslegen und sein Gegenüber anschnauzen und wenn möglich auch noch beleidigen. Ich habe bei einigen meiner früheren Arbeitskollegen dieses Phänomen aus erster Reihe beobachten können. Verletzter Stolz, das Gefühl, nicht ernst genommen zu werden und überhitzte Gemüter, die vor lauter reden nicht mehr zuhören können.

Ich streite nicht. Niemals. Das kann für ein streitlustiges Gegenüber nervig sein und auch furchtbar altklug wirken, sorry gäh, sei's drum. Ich nehme entgegen, ich hinterfrage, ich argumentiere, ich versuche zu verstehen... Ich suche nach einer Lösung und im besten Falle finde ich eine. Meist gelingt das, manchmal auch nicht. Besitzen wir genug Grösse, um auch mal nachzugeben, um vermeintlicher Verlierer im Duell zu sein?

Würden wir dies beherzigen, so könnten viele Meinungsverschiedenheiten konstruktiv gelöst werden und beide Parteien würden daran wachsen. Das allein, macht für mich Sinn, wäre dann aber, ja ich gebe es zu, nicht mehr ganz so unterhaltsam für unsere Mitmenschen.

Der alte Sessel

Halli hallo und herzlich willkommen. Eine Wohnung aufzuräumen, zu putzen und neu zu möblieren ist kein einfaches Unterfangen.

Sitzt der Mief seit Jahren in den Fugen, muss man wohl oder übel das Ganze früher oder später auf Links stülpen und rigoros vorgehen. Unliebsame Gegenstände, die einem mittlerweile den Platz zum Atmen nehmen, werden entsorgt und auch Liebgewonnenes muss kurzerhand weichen. Die leere Wohnung muss anschliessend von Grund auf geschrubbt werden, bevor man an eine Neumöblierung derselbigen denken kann. Zuerst einmal heisst es, die entstandene Leere auszuhalten. Ist das geschafft, kann man diese evtl. sogar ein klein wenig geniessen.

Durchatmen, innehalten.

Anschliessend macht man sich Gedanken, was bleiben kann und was gehen sollte, wo man was, wie neu hinstellen möchte, so dass es für die Zukunft auch stimmen mag. Es ist nicht zwingend nötig, jeden frei gewordenen Platz umgehend wieder vollzustellen. Abwarten, Zusehen, anschliessend besonnen entscheiden. Sich Zeit nehmen ist eine Kunst, die nicht viele beherrschen. Allzu oft verfällt man in den alten Trott, begeht begangene Fehler erneut, oftmals ohne dies wirklich wahr zu nehmen und ehe man sich's versieht, wurde das alte Nachtkästchen durch ein schmuckes Tischchen ersetzt, die flackernde Lampe durch eine moderne LED-Leuchte und allmählich wird der neu entstandene Platz wieder weniger, die Luft wieder dünner – man verfällt in alte Muster, ist meist schon mittendrin und fühlt sich wieder wie zuhause.

Und das Liebgewonnene? Der alte Sessel, der doch so bequem war und auf dem man sich stets verlassen konnte, wenn der Geist erschöpft und die Beine müde waren. In dem man viele gemütliche Stunden zugebracht und so manch lustigen Witz darin gelesen hat. Der einem auffing, wenn man sich fallenlassen wollte, der stets da war, wenn man ihm brauchte. Der alte Sessel, der irgendwie seit Jahren dazugehörte und doch nie richtig zum Rest passen wollte. Wo ist der überhaupt abgeblieben, im Wohnungs-Aufräum-Wahn?

Der Platz des Sessels ist bald wieder besetzt. Neben dem Fenster, an der leeren Stelle, wird bald ein neuer stehen und somit die letzte Erinnerung an den alten Sessel aus den Köpfen tilgen.

Ob der neue Sessel besser passen wird, wird sich zeigen, aber alle scheinen guten Mutes zu sein. Und sind wir doch mal ehrlich: war der alte Sessel nicht ganz und gar unbequem geworden, so in letzter Zeit? Hatte er nicht Beulen und Schrammen vom vielen Draufrumtrampeln, von den unzähligen kleinen Seitenhieben erhalten? Liebgewonnenes kann auch zur Last werden.

Der alte Sessel steht nun traurig und allein an der Strasse vorne. «Gratis zum Mitnehmen» steht auf dem Schild, welches man angebracht hat. Bei Regen saugt er sich voll und die Chance, dass den noch jemand haben möchte und er erneut in einer guten Stube landen wird, schwindet von Minute zu Minute.

Die neu geputzte Wohnung ist chic und erstrahlt zumindest oberflächlich in neuem Glanz. Man ist mit sich und seinen Leistungen zufrieden und freut sich auf die Zukunft mit dem neuen schmucken Tischchen, der LED-Leuchte und dem neuen Sessel, der bald kommen wird. Somit ist das Mobiliar wieder komplett und die Geschichte abgeschlossen.

Und so langsam schleicht sich der Gedanke ein, dass es doch am Sessel gelegen haben muss. Der alte bequeme Sessel, der nie wirklich dazu passen wollte, aber doch immer mittendrin und präsent war. Er muss es gewesen sein, der die Harmonie des Ganzen gestört hat und man beglückwünscht sich zum mutigen Entscheid, sich von vermeintlich Liebgewonnenem doch noch getrennt zu haben. Ja, ohne ihn wird es anders werden. Vielleicht sogar besser.

Doch was ist aus dem alten Sessel geworden? Nachdem er einige Zeit im Regen vor der Türe gestanden hatte, ist er eines Nachts auf einmal verschwunden und mit ihm die letzte Erinnerung an den Wunsch, sich von alten Mustern endgültig loslösen zu können.

Hupts bei dir?

Hoi hoi. Du warst sicherlich auch schon mal im Ausland, hast da evtl. einen Wagen gemietet und dir im meist sehr verwirrenden Verkehr deine Bahn gesucht und erkämpft, oder? Ob das nun in Thailand auf der «verkehrten Seite» war, in den Wüstendünen der Emirate oder den Strassenschluchten New Yorks - den für mich schlimmsten Verkehr habe ich in den Strassen von Ho-Chi-Minh City in Vietnam erlebt. Als Fussgänger muss man irgendwann einfach den Mut finden, drauflos zu gehen, denn alle Verkehrsteilnehmer fahren automatisch um Fussgänger herum; deshalb der gute Tipp unseres einheimischen Führers Bao: Niemals stehenbleiben, denn die Fahrer rechnen damit, dass man geht und nicht abrupt stehenbleibt. Es wird geflucht, geschrien und hässliche Handzeichen verteilt, aber in erster Linie wird gehupt.

Es scheint nicht verwunderlich zu sein, dass es Touristen in Vietnam untersagt ist, ein Auto zu lenken, denn kaum einer würde den Verkehrsfluss nicht aufhalten, weil er sich nicht traut, einfach draufloszufahren.

Und nun eben dieses Hupen. Auch bei unseren südlichen Nachbarn ein oft zu vernehmendes Geräusch auf den Strassen, schon fast ein Lebensgefühl. Und bei uns? Kaum einmal, vielleicht einmal im Halbjahr, wenn überhaupt. Aber warum ist das so?

Gemäss Strassenverkehrsordnung (StVO) darf nur derjenige hupen, der ausserhalb «geschlossener Ortschaften überholt» (hä, hast du das gewusst? Hupen bevor ich überhole?) oder «sich oder Andere gefährdet sieht». Für alle andern gilt: Finger weg von der Hupe. Bei Veranstaltungen wie einer Hochzeit wird Hupen als Ausdruck der Freude kurzzeitig toleriert. So viel zur Theorie, wie sieht das aber im Alltag aus?

Wenn Schweizer hupen, dann doch meist, weil der Erste in der Schlange vor dem Rotlicht schläft. Es ist also ein «Weckruf», man solle doch bitte schön seine olle Karre in Gang setzen und ein bisschen mitmachen. Doch kaum betätigt, tut uns unser emotionaler Ausbruch auch schon wieder leid. Schweizer brauchen (ich übrigens auch) Überwindung, um die Hupe zu betätigen, denn für uns ist es eine Art Beleidigung, ein Zurechtweisen des Mitmenschen, und darin sind wir erfahrungsgemäss unheimlich schlecht.

Wenn der Nachbar oben den Fernseher zu laut einstellt, der Typ gegenüber am Sonntag den Rasen malträtiert, am frühen Abend Trompete übt oder gar das Essen im Restaurant schlecht war – Reklamieren fällt uns schwer. Meist entschuldigen wir uns vorab für die Reklamation, oder sagen gar nichts, machen die Faust im Sack und lächeln freundlich, wenn nachgefragt wird, ob auch alles zufriedenstellend war. Was bringt es auch zu motzen, ist eh schon vorbei und man will ja niemanden beleidigen oder sich gar Feinde schaffen – gäll? Ich arbeite viel mit Menschen anderer Nationalitäten zusammen und stosse immer mal wieder auf kulturelle Diskrepanzen. Sei es das direkte «Ne, war scheusslich» des deutschen Kollegen im Resti, oder das aus dem Auto rausfluchen der heissblütigen italienischen Bekannten; ich würde jeweils am liebsten vor Scham im Erdboden versinken und schaue dann jeweils ein wenig unbeteiligt ins Chrut use.

Wie gesagt, sei das ein Lebensgefühl, ein Ausdruck der Emotionen, hat mir meine Bekannte versichert und dabei herzhaft gelacht.

Das mag ja alles schön und gut sein, aber hier in der Schweiz? Heissblütig? Wohl kaum. Ich bin ehrlich, lieber Leser. Ich liebe die Schweizer für ihre versteckten Emotionen, ihr Understatement. Dafür, dass wir eben nicht jedem Dahergelaufenen unseren Unmut gleich um die Ohren knallen, dafür, dass wir anständig bleiben, auch wenn man uns bis aufs Blut nervt, dafür, dass wir nach dem Motto leben: Wie man in den Wald ruft... ich schätze dieses hochanständige Miteinander, auch wenn es für Aussenstehende manchmal aufgesetzt und gestelzt wirkt, wie mir mein Kollege neulich erklärte.

Wir Schweizer funktionieren so, und auch wenn wir im Auto sicherlich emotional sein können und fluchen, was das Zeug hält, so haben wir aber die Fenster geschlossen so dass uns niemand dabei zuhören kann.

Unsichtbare Superkräfte

Kaffeetassen sind ein faszinierendes Phänomen. Ich glaube, jeder hat seine Tasse. Sie ist mehr als nur ein praktisches Utensil. Sie ist ein treuer Begleiter, ein Psychologe, ein kleiner Held inmitten des Chaos. Und wer sagt, dass Kaffeetassen keine Superkräfte haben? Ich jedenfalls habe eine Theorie: Jede Tasse hat ihren eigenen geheimen, unsichtbaren Superhelden-Modus, den sie in den entscheidenden Momenten des Lebens aktiviert.

Lass uns das mal durchspielen. Du beginnst deinen Tag, mehr Zombie als Mensch, der Wecker hat dich in einem erbarmungslosen Kampf um den Snooze-Knopf besiegt, und du schleppst dich ins Wohnzimmer. Dann – der magische Moment: die Kaffeetasse. Sie steht da, immer bereit, immer vertrauenswürdig. Du nimmst sie in die Hand, und plötzlich spürst du ihre Kraft. Sie ist warm, sie ist stabil, sie ist wie eine gute Freundin, die weiss, dass du sie brauchst, aber nicht zu aufdringlich ist. «Hey, ich bin hier», scheint sie zu sagen. «Lass uns das gemeinsam überstehen».

Und dann – der erste Schluck. Es ist, als ob deine Gehirnzellen plötzlich ein Synchronisations-Tanz mit deinem Kreislaufsystem hinlegen. Plötzlich bist du nicht mehr in der «Ich-habe-die-Hölle-erlebt»-Phase. Du bist in der «Okay, jetzt kann ich wieder atmen»-Zone. Die Kaffeetasse hat die Superkraft, dich aus der Trägheit zu befreien. Sie ist der Captain America der Frühstückswelt, nur ohne Cape – und ohne die nervigen moralischen Dilemmata.

Aber, und hier kommt der Clou: Je länger du die Tasse hältst, desto mehr entfaltet sie ihre wahren Kräfte. Sie wird von einem einfachen Behälter zu einem wahren Lebenscoach. Die Tasse sagt dir nicht, was du tun sollst, aber sie ist da. Und in ihrer stillen Präsenz liegt ein tieferer Frieden. Du nimmst einen weiteren Schluck und plötzlich fallen dir Dinge ein, die du dringend erledigen musst. Ideen, die gestern noch aus einem vagen Nebel bestanden, kristallisieren sich jetzt zu konkreten Gedanken. Und die Tasse – sie schaut einfach zu, still und weise, und nimmt keine Anerkennung dafür. Sie weiss, dass sie dir gerade den nötigen Schubs gegeben hat.

Aber es gibt auch die dunkle Seite der Kaffeetasse, und sie ist nur allzu real. Wenn die Tasse plötzlich leer ist, fühlst du dich wie ein Superheld ohne Kraftquelle. Es ist, als ob die Welt auf einmal langsamer wird, und du stehst da und starrst in die leere Tasse, als ob du nach einem Hinweis suchst. Das Leben fühlt sich plötzlich wie ein schlechter Comic an, der eine unerklärliche Wendung genommen hat. Wo ist deine Superkraft geblieben? Wo ist der Kaffee? Wer hat dich betrogen?

Die wahre Magie liegt jedoch in der Tatsache, dass eine Kaffeetasse, egal wie leer sie ist, immer wieder neu gefüllt werden kann. Sie ist nie wirklich «leer» – sie wartet nur darauf, dass du sie wieder mit etwas Sinnvollem füllst. Ein bisschen wie die Hoffnung, die manchmal nur auf den richtigen Moment wartet, um wieder aufzuflammen.

Und dann, nach dem ersten (oder fünften) Nachfüllen, ist alles wieder gut. Du bist wieder der Held deines eigenen Alltags. Und die Tasse? Sie wartet schon, dass du sie wieder in die Hand nimmst. Bereit, dich zu unterstützen, bis der Tag überstanden ist.

Also, danke, Tasse. Du bist der wahre Superheld. Kein Umhang, kein Glanz, keine Extra-Nummer – einfach du, die unsichtbare Superkraft.

Gäll, du luegsch für mich mit?

Halli hallo und schön, dass du rasch Zeit hast. Wir sind ca. acht Milliarden Menschen auf dieser Kugel und ich brauche dir ja wohl nicht zu sagen, dass es manchmal verdammt eng ist. Wenn du schon jemals im Stossverkehr in den ÖV gesessen hast, weisst du's selbst. Da stapeln sich die Pendler...

Man versucht also Tag für Tag aneinander vorbeizukommen und sich nicht absichtlich auf die Füsse zu treten, sinnbildlich gesprochen. In anderen Teilen dieser Erde ist dies mitnichten sinnbildlich, denn nehmen wir zum Beispiel mal Indien, da stehen die sich wirklich wortwörtlich auf den Füssen rum. Die Welt platzt aus allen Nähten.

Das eine ist, in diesem Gewusel aneinander vorbeizukommen, das andere aber, aufeinander und auch auf sich selbst Acht zu geben.

Sitze ich im Auto und fahre in der Mittagszeit durch die Stadt, so kommt mir das öfters vor wie in einem Videospiel mit Super Mario. Gewinnen tut, wer niemanden tüpft und heil von A nach B kommt. Immer öfters laufen einem die lieben Mitmenschen vor den Latz, schauen, wenn überhaupt, dann ins Handy, tragen dunkle Kleidung, laufen neben dem Fussgängerstreifen und legen ein Gottvertrauen (oder eine Gleichgültigkeit?) an den Tag, dass einem schwindlig wird, denn:

Gäll, du luegsch für mich mit?

In Zürich konnte ich vor Jahren zusehen, wie ein Passant einen Handyander vor einem Tramzusammenstoss bewahrte. Der Gute ist einfach und ganz unbekümmert drauflosgelaufen und hatte seinen Bick – wie könnte es anders sein – im Grätli. Das Tram hornte, der Chauffeur fluchte und schwitzte, aber die Kopfhörer isolieren so herrlich und der Bildschirm leuchtet so bunt und man kann die Welt ganz toll ausgrenzen mit diesen Dingern. Der aufmerksame Passant hat ihn dann an der Kapuze zurückgezogen und somit wurde eine Katastrophe verhindert. Ein bisschen Erstaunen, ein bisschen Ungläubigkeit, ein bisschen Panik im Gesicht des Handyaners und ein ganz kleines Dankeschön – der Preis für den Retter.

Aber nicht bloss die Fussgänger beanspruchen ihre Schutzengel aufs Gröbste. Auch Autofahrer fahren wie die Henker ohne Rücksicht und Verstand und von den lieben Velofahrern mal ganz zu schweigen. Da staune ich schon Bauklötze, wie die sich und andere im Verkehr gefährden und mit einer Selbstverständlichkeit den gesamten Raum für sich einnehmen.

Dass Rücksicht aufeinander mittlerweile aus der Mode gekommen ist, scheint ja bekannt zu sein (wenn auch tragisch!), dass man aber neuerdings nicht mal mehr auf sich selbst Acht gibt, gibt mir schon ein wenig zu denken. Ist denn das Leben so wenig wert?

Findest du nicht auch, dass es scheint, Selbstverantwortung sei komplett aus der Mode gekommen? Können doch die anderen schauen! Ich mach mein Ding! Rücksichtslos wird aneinander vorbeigelebt und der Schutzengel muss mindestens so gross sein wie der Mount Everest. Und wenn doch mal was schief geht, sind immer die anderen schuld.

Verstehen tu ich es nicht, aber nerven tut es mich ganz gewaltig.

Schon den ganz kleinen Kindern wird beigebracht: Einfach schön drauflos, ob im Strassenverkehr oder auf der Skipiste, die anderen werden schon Acht geben. Die Velofahrer radeln munter über den Fussgängerstreifen, denn hey, wieso sollen wir absteigen? Ist doch Blödsinn! Der Autofahrer wird schon anhalten! Denn: *Gäll, du luegsch für mich mit?*

Wie kann man nur so furchtbar ignorant und leichtsinnig sein und nicht nur sich selbst, sondern andere mit seinem Verhalten mitgefährden. Wir sind ca. acht Milliarden Menschen auf dieser Kugel und ich wünsche mir, dass Rücksicht und Respekt, Empathie und Achtsamkeit irgendwann wieder einmal schwer in Mode sind.

Denn irgendwann einmal, wenn dein Schutzengel den Bättel schon lange hingeschmissen hat heisst es gar am Änd: *Gäll, du häsch mi nöd gseh?*

Berufswahl reloaded

Halli hallo und Grüezi in meiner Welt. Ich arbeite momentan an einer Schule (nein, ich bin nicht Lehrerin, bhüetis nei au), aber bekomme ganz gut mit, dass die Berufswahl in aller Munde ist. Während wir früher noch in einem dicken Katalog mit Berufsvorstellungen geblättert und ganz viele Eselsohren reingemacht haben, lernen die heutigen Jugendlichen alles im und vom Netz, logo. Wofür muss man welchen Abschluss haben? Wie lange muss man in die Lehre? Was verdient man in welchem Beruf etc. Ich kann mich noch gut erinnern, wie ich damals abends im Wohnzimmer auf dem Boden sass, und Seite um Seite im besagten Katalog durchgelesen und mir Notizen zu den einzelnen Berufen gemacht habe. Die Auswahl war riesig, das Interesse gross.

Wie gesagt, das war nicht gerade gestern und heute ist alles ganz anders. Als Kind wollte ich doch glatt Coiffeuse werden, und so musste mein Lieblingsbäbi fortan mit kurzen Haaren im Wägeli sitzen. Später wollte ich hoch hinaus und als

Stewardess die Welt bereisen, dann Kunstmalerin werden und am Ende als Kellnerin auf Lanzarote meinen Lebensunterhalt bestreiten. Gelernt habe ich schlussendlich ganz bodenständig Drogistin (denn da kann man viel draus machen) und auch wenn ich das nie und nimmer wollte, bin ich dann doch irgendwann halt in einem Büro gelandet.

Sucht man im Netz, so haben Schweizer Jugendliche im Vergleich zu ihren europäischen Alterskollegen ein vielfältigeres Spektrum an Berufswünschen. In den Topten sind nach wie vor bei den Mädels Berufe drin wie Ärztin, Lehrerin oder Hebamme, bei den Jungs oft Polizist, Architekt oder Profi-Sportler. Auch IT-Berufe oder Manager sind weit vorne mit dabei.

In den Gängen unserer Schule höre ich aber vor allem die Berufswünsche Model, Influencer, Gamer, Gangster (!) oder einfach nur Streamer. Also die Hoffnung, mit wenig Arbeit ganz viel Kohle zu scheffeln. Gottlob haben da die Eltern meist auch noch ein bisschen die Hand mit im Spiel. Denn stell dir mal eine Welt vor, in der es nur noch Models, Influencer, Gangster, Gamer oder Streamer gibt, die der Gesellschaft nun aber wirklich überhaupt nichts bringen! Die Auswahl ist mickrig, das Interesse gering.

Wer fährt denn zukünftig meinen Bus, wer bestückt das Regal in der Migros, wer hilft mir im Alter, wer betreut mein Kind, wenn ich es nicht kann, wer druckt meine Zeitung, wer näht meine Kleider, wer verschickt oder bringt mir meine Post, fährt meinen Zug, kontrolliert meine Augen, bedient mich im Resti, schneidet mir die Haare, macht mir die Zähne, hilft mir, wenn ich krank bin. Wer formt die Grabsteine, tischlert Mobiliar, baut mein Haus, kümmert sich um den Wald, die Strassen, die Wege und Wiesen, melkt die Kühe und entsorgt meinen Müll?

Mit nichts viel Geld zu verdienen, davon träumt wohl jeder mal. Aber wenn ich im Netz lese, dass Berufe wie Automech und Tierärztin immer noch hochaktuell sind, so gibt mir das Hoffnung. Denn ich bin klar dafür, wirklich systemrelevante Berufe (hui, eigentlich hasse ich dieses Unwort), zu überdenken und wieder vermehrt zu stärken, denn sie tragen diese Gesellschaft durch schwere Zeiten und lassen sie weiterhin funktionieren. Danke euch von Herzen!

Alle Jahre wieder

Schon wieder machte es Schwupps – und das Jahr ist vorbei, lieber Leser. War es ein gutes Jahr für dich und deine Liebsten? Wie immer zum Jahreswechsel blättere ich durch meine Agenda (ja, ich bin noch stolzer Besitzer einer Papieragenda), ich lese jeden einzelnen Eintrag noch einmal für mich durch, um irgendwie Abschied zu nehmen vom laufenden Jahr. Ich stutze ab und zu, weil ich meine Schrift nicht mehr lesen kann oder freue mich über begangene Treffen, die im Alltagstrubel bereits wieder in Vergessenheit geraten sind. Und wie jedes Jahr, staune ich, wie schnell doch so ein Jahr an uns vorüberzieht.

Und auch in diesem Jahr lese ich nebst Terminen auch meine «Guten Vorsätze fürs neue Jahr»-Liste durch. Ich schmunzle, weil ich bei einigen Punkten einfach die Jahreszahl erneut anpassen kann, sozusagen echte Evergreens, anderes kann ich getrost abhaken und mich tierisch darüber freuen.

In jedem Jahr möchte ich etwas gänzlich Neues dazulernen. War es in den vergangenen Jahren eine neue Sprache oder ein Musikinstrument, so war es in diesem Jahr das Vespa fahren. Den Grundkurs brachte ich im strömenden Regen hinter mich, und da ich bereits seit Jahrzehnten Auto fahre, war ich von der Prüfung befreit. Und nun kurve ich voller Stolz (aber nur bei schönem Wetter) mit meinem himmelblauen Töffli durch die Gegend. Wenn ich meine Liste so anschaue, konnte ich vieles realisieren. Von Kunst-Ausstellungen über neue Bücher bis hin zu einem neuen Verein und Job war alles mit dabei. Bloss die verflixten Punkte «mehr Sport» und «gesünder Essen» bleiben auch im nächsten Jahr hartnäckig auf meiner Liste mit drauf. Seis drum.

Und wie handhabst du es so? Machst du auch einen privaten Jahresrückblick? Was war toll, was weniger? Wen hast du getroffen, an wen bloss gedacht? Hast auch du Punkte auf einer To-Do-Liste, oder gar einer Bucket-Liste, die du umsverrode nicht loswirst, und solche, die dir ganz leicht von der Hand gehen? Vielleicht ein neues Land bereisen? Einen Koch-, Compi- oder

Tanzkurs machen? Weniger übers Internet bestellen, dafür mehr lesen, öfters Spazieren gehen und weniger gestresst sein?

Und unsere Welt so? Ob auch die das vergangene Jahr Revue passieren lässt? Wir wollen nun nicht alle Einträge zusammen durchgehen, aber ein bisschen Abschied nehmen, hat noch keinem geschadet:

Zum Jahresbeginn haben die Landwirte in ganz Deutschland zu Demonstrationen und Blockaden aufgerufen, um gegen geplante Veränderungen zu demonstrieren, während die dänische Königin Margrethe II. ihr Amt ihrem Sohnemann übergeben hat.

Im Frühling wurde das Börsengebäude in der Innenstadt von Kopenhagen durch einen Brand erheblich in Mitleidenschaft gezogen, und im Nachbarland waren wir Feuer und Flamme: denn die Schweiz trat erneut im weltbekannten Musik-Wettbewerb an und gewann.

Im Sommer wurde der eine freigelassen, und der andere angeschossen: WikiLeaks-Gründer Julian Assange verliess nach seiner Haftentlassung Grossbritannien und kehrte in seine Heimat zurück, während der ehemalige und baldige US-Präsident Donald Trump bei einer Wahlkampfveranstaltung verletzt wurde.

Im Herbst kämpften alle; die einen mit dem Wetter, die anderen mit ihren Mitmenschen. Ob Hochwasser in Mitteleuropa, Hurrikan Helene, Flutkatastrophe in Spanien oder Dauerkriege an verschiedenen Fronten – wie immer kamen unzählige Unschuldige zu Schaden oder gar ums Leben.

Im Spätherbst ging einigen ein Licht auf, während es anderen ganz ablöschte; Trump war zurück an der Spitze, während man in Deutschland die Ampel beerdigte.

Zum Jahresende wurden Waffenstillstände vereinbart und neue Allianzen geschmiedet, Hände geschüttelt und lächelnd Veränderungen versprochen...

Und die Evergreens auf der Bucket-Liste unserer Erde? Kein Krieg, endlich Frieden, keine Umweltverschmutzung, cool bleiben und sich nicht weiter erhitzen lassen.

In diesem Sinne – 2025 - Achtung, fertig, los!

Bucket List !

1.
2.
3.

Und scho isch wieder verbii...

Wie schnell doch die Zeit vergeht, wenn man beschäftigt ist! Und wieder einmal bleibt mir nur Danke zu sagen, für eure grossartige Unterstützung und Inspiration, denn ohne euch gäbe es die „Spitze Feder" gar nicht.

Wir haben gemeinsam den Wert von Kleidung besprochen, haben uns hie und da total doof angestellt, haben zuerst gelacht und waren dann betrübt, haben uns beim Hupen geniert und uns über knausrige Mitmenschen, die den wahren Wert von Büchern nicht erkennen, aufgeregt. Wir haben uns über unser kleines, tolles Land gefreut und uns für die «Tschän Sii» stark gemacht.

Und wie jedes Mal denke ich, das war's nun, die letzte „Spitze Feder" ist geschrieben, und wie jedes Mal weiss ich, dass es viel zu viel Lustiges und Merkwürdiges, Trauriges und Sonderbares auf unserer Kugel gibt, um darüber zu schweigen. Denn Sprache und Sprechen sind wichtig.

Und so verabschiede ich mich von euch, wünsche euch eine gute Zeit, mit vielen spannenden Begebenheiten, netten Bekanntschaften und lustigen Momenten. Macheds guet und bis bald.

Eure

Auflösung

Nun, alles gelesen und erkannt? Welche Kolumne stammt nicht von mir? Na, richtig getippt? Ja!

Die Absurditäten des Alltags

Und weisst du was? Überraschung!

Auch **Unsichtbare Superkräfte** ist nicht von mir, sondern von Roboterli. Danke Roboterli, du bist toll!

Hallo. Kannst Du mir eine lustige Kolumne schreiben?

Klar, ich schreibe dir eine lustige Kolumne! Hier kommt sie:

Die Absurditäten des Alltags: Warum der Kühlschrank mein Lebensberater ist

Letztens stand ich in meiner Küche und starrte nachdenklich auf den Kühlschrank. Ja, genau – der Kühlschrank, das weiße, kalte Wunder, das mehr über mein Leben weiß als ich selbst. Ich bin mir sicher, dieser Kühlschrank ist in Wahrheit ein stiller Lebensberater. Was hat er mir nicht schon alles beigebracht?

...

Klasse! Darf ich diese Geschichte verwenden?

Das freut mich sehr, dass dir die Geschichte gefällt! Du darfst die Kolumne gerne verwenden. Sie ist von mir für dich geschrieben und du kannst sie in jedem Rahmen nutzen, der dir gefällt – sei es für deinen eigenen Blog, in einem Magazin oder einfach für den Spaß!

Falls du sie irgendwo veröffentlichst, wäre es natürlich nett, wenn du sie mit der Quelle („Kolumne von ChatGPT") oder mir als Autor in irgendeiner Form erwähnst, aber das ist kein Muss.

Viel Spaß damit und lass mich wissen, wenn du noch etwas brauchst!

Ich werde Dich erwähnen, versprochen! Danke!

Das ist sehr nett von dir, danke! Ich freue mich, wenn meine Geschichten ein bisschen in die Welt hinausgetragen werden. Viel Erfolg bei allem, was du damit vorhast – und falls du noch eine weitere Kolumne oder irgendetwas anderes brauchst, bin ich jederzeit da!

Viel Spaß und gerne bis bald! ↓

ISBN-13:
9783749450312

ISBN-13:
9783732282593

ISBN-13:
9783752643176

ISBN-13:
9783754366295

ISBN-13: 9783756282937
www.sanjustar.com

Falls mal en Schmöcker wetsch i d'Händ näh…